Friedemann Karig

Die Lügnerin

Friedemann KARIG

Die LÜGNERIN

Roman

Ullstein

ISBN: 978-3-550-20168-4

Umschlaggestaltung: Jorge Schmidt
Gesetzt aus der Century Schoolbook
Satz: Pinkuin Satz und Datentechnik, Berlin
Druck und Bindearbeiten: GGP Media GmbH, Pößneck
Printed in Germany

Für meine ehrlichen Eltern

»I said in my haste, All men are a lie.«

Psalm 116, King James Bibel

Einsamkeit ist wie ein Durst, der nie gestillt wird. Als Kind war ich lange einsam, ohne ein Wort dafür zu haben. Ich starrte an die Wand. Nicht metaphorisch, ich musterte tatsächlich die Tapete, zählte wie eine Forscherin die Gipfel eines fernen Planeten und blieb für mich. Wenn man mich gefragt hätte, ob mir jemand fehlt, hätte ich die Frage nicht verstanden. Niemand fragte. Meine Mutter war nicht da, meine Großmutter war in ihrer eigenen Welt, mein Bruder unterwegs. Freundinnen hatte ich kaum. Ich hätte ihnen nur erzählt, wer sie sein wollten, wer sie aber leider waren. Das ging nie lange gut. Die Gebirge an der Wand hingegen waren immer da. Eine Welt voller Gletscher und Schnee, unendlich und jenseits. Wenn ich auf sie schaute, fühlte ich eine tiefe Ruhe. Einmal fand meine Mutter mich so. Sie schüttelte nur den Kopf. Damals verstand ich, was Einsamkeit war. Und dass niemand meine stillen konnte. Trinken wollte ich trotzdem. Ich begann, den Mädchen freundliche Lügen zu erzählen. Und wurde zur Forscherin ihrer Landschaften und Abgründe.

Meistens denken wir, eine Lüge sei schlecht und die Wahrheit gut. Dabei kommt es eher darauf an, was man damit bezweckt. Was man damit versucht und noch mehr, was man damit verursacht, nicht? Ist es nicht entscheidend für die Bewertung einer Person, ob diese in böser Absicht lügt, um sich selbst zu bereichern oder jemand anderen? Was in meinem Fall zutrifft, aber, wenn ich ehrlich bin, viel eher noch: weil ich eben so bin. Eine Lüge als böse zu bewerten beinhaltet die Annahme, dass die Lügnerin eine Wahl gehabt hätte. Was aber, wenn man keine Wahl hat? Was, wenn man buchstäblich lügt, sobald man den Mund aufmacht? Wenn einem das Erfundene nun einmal viel näher, viel natürlicher ist als das Erwiesene? Ist man dann ein schlechter Mensch? Schlechter als jemand, der nur einmal in seinem Leben bewusst und zum eigenen Vorteil gelogen hat? Sind wir Menschen dafür zu verurteilen? Oder nicht eher unsere Natur, die uns mit dem freien Willen auch einen frei begehbaren Spielraum jenseits der Wahrheit gegeben hat? Wenn mein Spielraum größer ist als der aller anderer Menschen, so wie manche eben blonde Haare haben oder andere sehr klein sind; wenn die Menschen meine Lügen so viel lieber hörten als alles andere? Hätte ich meinen Kundinnen sagen sollen, dass ihr Leben wahrscheinlich immer so weitergehen würde, dass sie nichts Besonderes waren? Sollte ich ihnen einen Spiegel vorhalten? Oder lieber, wie ich es getan habe, ein Porträt zeichnen, das ihnen schmeichelte? Ist eine Lüge, die nur Gutes tut, eine Lüge?

Dies alles frage ich mich heute mehr denn je. Ich habe keine Antwort darauf. Deshalb erzähle ich Ihnen davon, vielleicht entdecken wir gemeinsam eine. Vielleicht ist es auch nicht an mir, eine zu finden. Vielleicht haben die Sterne etwas anderes für mich vorgesehen. Was glauben Sie?

Aber nun möchte ich beginnen.

1

Ich sitze auf dem Bett meines Bruders. Er ist an seinem Computer und sieht mich nicht an, hört mir aber zu. Seit zwei Wochen habe ich nicht mehr geschlafen. Ich bin zum ersten Mal verliebt. Was soll ich tun?

Was mag er?, fragt mein Bruder.

Wasserball.

Dann magst du das jetzt auch.

Am nächsten Tag gehe ich in die Schwimmhalle. Das Wasser ist kühl, auch hier drinnen, wo sonst alles zu warm ist. Er schaut mich an wie einen entlaufenen Hund. Alle anderen im Wasser können perfekt schwimmen. Ich ertrinke fast, oder tue nur so. Er zieht mich aus dem Wasser, reißt sich die blaue Badekappe vom Kopf, drückt mir auf die Brust. Ich stelle mich bewusstlos, sehe durch den Spalt meiner Lider seine blonden Haare, er hält mir die Nase zu und presst seine Lippen auf meine. Ich atme ihn ein. Komme zu mir. Küsse ihn zurück, er setzt sich auf. Seine Augen weit. Alle hauen ihm auf die Schulter. Ich lege meinen Kopf in seinen Schoß. Hat er etwas gemerkt? Wer weiß das schon. Wir gehen zwei Monate miteinander.

Zehn Jahre nach dem Hallenbad wurde ich entlarvt. Als ich aus dem Bus stieg, wartete die Frau schon auf mich. Es war ein kalter Tag im Januar. Die Sterne standen im Zeichen des Wassermanns, dem Haus der einfallsreichen, erfinderischen Menschen. Unser Element ist die Luft und unsere Waffe der Wind, unsichtbar und doch mächtig wie ein Zauberspruch, der Bäume ausreißt und Meere aufpeitscht und erst zu entlarven ist, wenn es zu spät ist. Welches ist Ihr Zeichen? Waage, habe ich recht? Sagen Sie es mir später, wenn Sie verstehen, was mir die Sterne bedeuten. Mein siebenundzwanzigster Geburtstag lag knapp zwei Wochen zurück, als mich die Frau aufspürte.

Kaum stieg ich aus, traf mich ihr Blick, und ich wusste sofort, was sie wollte. Wie oft ich mir diesen Moment ausgemalt hatte. Wie oft ich in Gedanken geflohen war. Seit Jahren träumte ich davon, schreckte nachts auf und wollte rennen. Immer begann die Jagd mit der Unsicherheit, ob es jetzt wirklich so weit war. Jetzt genügte ein Blick. Ihr Wunsch, auf der Stelle mit mir zu sprechen, koste es, was es wolle, spiegelte sich neben ihr im Glas der Haltestelle. Widerwillig erkannte ich in der Silhouette mich selbst. Ich erkannte die junge Frau, die ich damals war: dunkle Kleidung, schwarze Haare, spitze Nase, bleiche Haut und die großen, immer etwas verschreckt wirkenden Augen, wie man sie nachts im Scheinwerferlicht sieht. Ich sah meinen eigenen Geist und erschrak. Woher kannte sie mich? Was wusste sie von mir? Das Aufleuchten in ihrem Gesicht bei meinem Anblick genügte, um mich fliehen zu lassen.

Ich verließ den Bus und lief in Richtung der Treppen in den Untergrund. Während der Fahrt hatte ich gestanden, zwischen Menschen, die geschäftig die Stirn runzelten und dabei schon morgens erschöpft wirkten. Getrieben vom Gefühl, bei der Arbeit erwartet zu werden, von einer existenziellen Eile, nur weil einige zufällige Zahlen die Zeit einteilten und darüber richteten, ob man pünktlich oder zu spät kam, deshalb schneller eine Treppe hinunterlief, eine abfahrende Bahn verfluchte, alle zwanzig Sekunden auf die Uhr starrte. Ich liebte dieses Theater. Oft kam ich zu spät, wenn ich auch hätte pünktlich sein können. Aber jeder braucht eine Rolle, und mir standen die Falte auf der Stirn, die schnellen Schritte, die hektischen Bewegungen und gemurmelten Entschuldigungen besonders gut.

Ich eilte die Stufen hinunter zur U-Bahn. Die Frau nahm sofort die Verfolgung auf, ich spürte ihre Blicke in meinem Rücken. Durch das Zwischengeschoss und weiter hinab zu den Gleisen, die Bahn stand schon bereit. Ich sprang hinein und lief nach links, durch den leeren Gang; nicht zu schnell, damit nicht auffiel, dass jemand hinter mir her war und mich ein braver Bürger womöglich noch festhielt. An dieser Endstation wartete der Zug einige Minuten, bevor er die Richtung wechselte. Als die Stimme des Zugführers erklang – *Zurückbleiben bitte* –, war ich bereit. Ich sprang durch die schließenden Türen wieder hinaus. Ich riskierte einen Blick, sah niemanden auf dem Bahnsteig, lief die Treppen hoch ins Freie, ins Licht. Ich wollte den Sternen gerade wieder einmal versprechen, mit allem aufzuhören, mich zu bessern, und abzubitten und fürzubitten und alle meine unehrlichen Umtriebe einzustellen, wenn sie mich noch einmal davonkommen ließen – da hörte ich die Absätze der Frau auf den unteren Stufen. Wie geistesgegenwärtig war sie? Und wieso trug sie für eine Verfolgung hohe Schuhe?

Da rief sie zum ersten Mal nach mir, außer Atem, aber freundlich. Als ginge es hier nicht um eine Treibjagd, sondern als hätte sie gute Absichten.

Clara Konrad?

Er hatte mir immer gefallen, dieser Name. Er hatte einen öffnenden Beginn und einen sanften Abschluss, einen Rhythmus: *Clara*, Pause, *Konrad* – so wurde er zu Melodie. Als kleines Mädchen freute ich mich, ihn zu sagen, wenn mich jemand fragte: *Und, wer magst du wohl sein?*, säuselten die Verkäuferinnen und Kassiererinnen selbst in den Läden, die wir besuchten. *Clara*, strahlte ich ihnen entgegen, sie strahlten zurück, nur meine Mutter wunderte sich über mich. *Sag deinen richtigen Namen*, zischte sie. Sie dürften es schon wissen, Clara ist ein, sagen wir: Künstlername. Auch wenn mich nur spezielle Menschen als Künstlerin bezeichnen würden. Menschen aus ähnlichen Berufen, falsche Propheten und fahrendes Volk. Aber was ist das schon, Kunst? Eine Behauptung, die man rahmt? Und was ist ein Name mehr als ein Rahmen um einen Menschen? Wir bekommen diese paar Buchstaben hingeschmissen wie einen Packen Gefängniskleidung. Ein Name kann erdrücken, Hänseleien anziehen, eine Wunde schlagen, in die immer wieder Salz gestreut wird, zu einem Stigma der Fremde werden, aus der man kommt. Nur gar kein Name ist schlimmer. Ohne sind wir nicht ansprechbar, und wer nicht ansprechbar ist, von dem wird geschwiegen, und von wem geschwiegen wird, der ist kein Mensch. Pfercht man die Leute in Lager, was nimmt man den Insassen als Erstes? Sie werden zu Nummern, zu Strichen in einer Tabelle, bevor sie Staub werden.

Clara Konrad jedoch, das gefiel mir, weil es nichts vorbestimmte, ich sogar mein Geschlecht wechseln konnte, indem ich ein paar Zeichen verschob: Konrad Clara, noch besser: Konrad Klarer, so konnte es gehen. Noch einmal hörte ich es hinter, unter mir: *Clara Konrad!* Aus ihrem Mund klang mein Name wie eine Diagnose, nach allerlei Tests über ein Röntgenbild gesprochen. *Clara Konrad?* zum dritten Mal, nun lag ein Hauch Befehl darin. War sie gewohnt, dass man auf sie hörte?

Wichtiger: Wie hatte sie mich gefunden? Was wusste sie? Wie gefährlich konnte sie mir werden? An diesem Tag war ich eine Frau von durchschnittlicher Größe und Gewicht, nicht mehr ganz jung, noch nicht alt. Hatte nie Kampfsport betrieben, kannte weder Griffe noch Schläge, hatte Angst vor Schmerzen wie wir alle. Zu selten musste ich Gewalt erdulden, um ein Gefühl von ihr zu haben jenseits des metallischen Geschmacks auf der Zunge bei einer der seltenen Ohrfeigen, die meine Mutter verteilte. Einmal machte ich, nachdem ich meinen Namen gesagt hatte, einen Knicks an der Supermarktkasse, wie ich es im Fernsehen gesehen hatte. Ihr Schlag fegte mich um. *Hör auf mit dem Theater*, zischte sie in unserer alten Sprache und rieb ihre Hand. Ich weinte nicht einmal, verstummte nur und knickste nie wieder.

Verzeihung. Sie wollen, dass ich weitererzähle. Also: An der Erdoberfläche angekommen, hastete ich über die Straße, in das Vergnügungsviertel hinein. Ich wohnte am Stadtrand, deshalb die Busfahrt, danach einige Stationen mit der Bahn bis zum Zentrum, das war mein Weg. Ansonsten hatte ich hier wenig verloren. Wahllos bog ich in die erste kleine Straße, Kopfsteinpflaster, kurze Treppen hoch zu Cafés und Restaurants mit Fensterfronten. Die meisten waren noch geschlossen. Ich beschleunigte meinen Schritt auf ein Tempo, das bei Olympia gerade noch als *Gehen* gegolten hätte. Manchmal hoben beide meiner Füße gleichzeitig ab, ich wäre disqualifiziert worden, so wie seinerzeit Lionel Libuda, bester Läufer in der Geschichte der Sowjetunion, der sich auf dem Höhepunkt des Kalten Krieges anschickte, als erster Kommunist und Russe olympisches Gold im Laufen zu holen, den der Schiedsrichter aber aus dem Wettbewerb verbannte, eben weil er angeblich zu weit abgehoben habe, mit den Worten *Du bist Sportler, kein Sputnik.* Für mich genügte es, um eilig, aber nicht panisch zu wirken. *Fight or flight*, sagt man. Ich verteidige mich selten, greife nie an. Ich laufe weg.

Frau Konrad?, schallte es hinter mir über das Pflaster, und ich zuckte zusammen. Rechts hinter den Fenstern war schon Licht, oder immer noch? Was auch immer passieren würde, dort waren Zeugen.

Ich zog die Tür halb auf und glitt hindurch. Vielleicht würde sie mich aus den Augen verlieren. Dahinter ein länglicher Raum mit einem Holztresen, unzählige Flaschen vor Spiegeln. Hunderte Arten, sich zu verlieren: Wodka, Rum und Whiskey, Amaretto, Martini, Campari und Kirschwasser, Strohrum, Likör und Gin. Daneben die Gläser, aufgereiht nach Einsatzgebiet. An den Wänden Spirituosenwerbung. Die Theke zum Verschanzen, dahinter eine Frau, unschätzbar alt mit den gelblichen Locken, die ihren Kopf schützten wie ein Helm. Sie trug eine Schürze um den Bauch und einen Ausdruck ewiger Müdigkeit im Gesicht. Sie sah mich ruhig an. Niemand verstummte, als ich eintrat, weil ohnehin alle schwiegen. Außer der Wirtin und mir waren nur Männer da, in unterschiedlichen Stadien der Verwitterung.

Ich legte die Hände vor mir auf den Tresen, wie um zu sagen: Ich komme unbewaffnet. *Hab ich dir doch gesagt*, murmelte einer, niemand antwortete. Ich kannte diese Orte, weil ich mir nichts anderes leisten konnte, jemals hatte leisten können. Als ich klein war, gingen wir niemals in ein Café oder gar ein Restaurant. Ein einziges Mal nahm mich die Mutter mit in den Zirkus. Ich weinte laut über den Clown, dessen Schatten gekrümmt war wie der eines alten Mannes, weil er so müde war von all den Vorstellungen, weinte über die Artisten, die nur einige Sekunden glücklich waren, weinte über die Dompteure, die ihre Tiere quälten und es auch wussten, schluchzte immer lauter, bis meine Mutter mich noch vor der Pause hinauszog. *Wer bist du*, sagte sie, weil sie immer schon mit mir redete wie mit einer Erwachsenen, vermutlich, weil sonst kaum jemand da war, und ich wollte antworten: *viele*, aber ich hatte gelernt, wann man schwieg.

Bitte, sagt die Wirtin.

Was Klares, sagte ich.

Harte Nacht gehabt?

Notfallambulanz. Autounfall. Eine ganze Familie. Acht Stunden operiert.

Sie nickte. Ich blickte zu den Flaschen.

Sie nahm eine heraus.

Hier, Frau Doktor, sagte die Wirtin. Der Wodka schwappte im Glas, einem großen wie für Wasser. Ich blickte zu Boden. Hätte ich an irgendetwas geglaubt, hätte ich gebetet. Doch wenn ich ehrlich war, musste ich zugeben: Es war lange nur eine Frage der Zeit. Heute war ein ebenso guter Tag wie jeder andere.

Die Tür öffnete sich. Ich blickte mich nicht um, ich spürte es: Meine Jägerin betrat das Lokal. Die Männer an der Bar drehten ihre Köpfe, schauten dann wieder in ihre Gläser. Nun trafen wir also aufeinander. Und doch wurde ich ruhig. Jeder Schluck ein Vergessen. Jeder Tag ein Traum. Hier war ich sicher.

Verzeihung. Sind Sie Clara Konrad?

Ich drehte mich um und sah sie zum ersten Mal an. Wie sie auf mich zukam, langsam jetzt, da ich nicht mehr fliehen konnte. Ich wollte meinem Verhängnis in die Augen schauen. Sie waren grün. Dunkle Locken fielen auf ihre schmalen Schultern. Sie sah harmlos aus.

Nein, sagte ich in die Stille hinein. Wenigstens versuchen. Ich hatte es immer wieder versucht. Wer oft scheitert, scheitert immer besser. Dann nie mehr. Seit drei Jahren hatte man mir geglaubt, was immer ich gesagt hatte. Drei Jahre, sechsunddreißig Monate, dreimal alle Sternzeichen hindurch. Und was hatte ich davon? Eine Tennisspielerin, die drei Jahre lang kein Spiel verlor, war eine Legende. Man jagte sie nicht in Kneipen, man schrieb ihren Namen in Gold. So wie jenen der kleinen Schwester des Läufers Libuda, Solana Libuda, die in den 1980er-Jahren rekordverdächtige zwei Jahre und zehn Monate ungeschlagen blieb, bis ihr im Viertelfinale von Roland Garros ausgerechnet im Gehen eine Sehne riss und sie aufgeben musste.

Die Frau musterte mich. Sie war sorgfältig geschminkt. Fünfzehn, vielleicht fünfundzwanzig Jahre älter als ich. So will ich später aussehen, dachte ich.

Sind Sie sicher?, fragte sie.

Sie rutschte auf den Hocker neben mir.

Ich werde wohl meinen eigenen Namen kennen, sagte ich und warf der Wirtin, die näher gekommen war, einen Blick zu, der meinte: Wer ist die Irre?

Aber Ihre Stimme, sagte die Frau. *Ich bin mir hundert Prozent sicher, dass Sie es sind.*

Worum geht es überhaupt?, fragte ich, um Zeit zu gewinnen. Seltsamer Ausdruck, dachte ich, und meine Gedanken entwischten in eine andere Richtung, wie ein Reh, das über eine Straße sprang, während ein anderes erstarrte und starb. *Freeze.* Das war die dritte Option, *fight or flight or freeze,* die Schockstarre, aber weiter kam ich nicht, denn die Frau griff in ihre Handtasche. Hatte sie eine Waffe? Einen Dienstausweis?

Sie zog ein Bündel Bargeld heraus, das von einer Manschette aus Papier gehalten wurde, wie im Film.

Um Ihren Anteil, sagte sie.

Ich erschrak und fiel ihr in den Arm, schob ihre Hand nach unten, außer Sichtweite der anderen. Es mag unglaublich klingen, aber ich versichere Ihnen: In dieser Spelunke saß eine fremde Frau vor mir und hielt mir so viel Bargeld unter die Nase, wie ich es in einem Jahr nicht verdiente. Ich suchte in ihren Augen nach einem Trick, einer Finte. Wartete sie nur, dass ich zugriff? Schnappten Handschellen um meine Handgelenke, sobald ich die Scheine berührte? Aber weshalb? Verdächtigte jemand das Zentrum, meinen Arbeitgeber, Menschen um ihre Ersparnisse zu betrügen?

Der Anteil für Clara Konrad?, fragte ich.

Das Mindeste, was ich für ihre Dienste schuldig bin.

Welche Dienste?

Ihre exzellente Beratung. Ein ums andere Mal. Ich habe ihr meine Daten gegeben. Geburtsdatum, Uhrzeit, Sternzeichen der Eltern, Koordinaten meines Geburtsortes. Wir haben eine halbe Stunde gesprochen. Es war jeden Cent wert.

Sie flüsterte jetzt.

Alles ist wahr geworden. Alles!

Ihre Augen glänzten. Jetzt sah ich den Eifer darin. So waren sie, dachte ich, die Menschen dieses Landes, die hingebungsvoll ihrem Zweck dienten, Aufträge erledigten und ausführten, was sie sich einmal vorgenommen hatten, koste es, was es wolle. Wie verrückt musste man sein, einer Unbekannten hinterherzurennen und zu rufen wie eine Sirene, deren Gesänge nicht wirkten, die Odysseus eigenhändig auf ihren Felsen ziehen musste, um ihm einen Packen Bargeld unter die Nase zu halten? Ich wollte lachen, nur die pure Not stoppte mich. Ich hatte noch genug auf dem Konto für fünf Tage. Es waren zwölf bis zum Zahltag. Der Chef würde mir nichts mehr vorschießen. Es war doch nicht illegal, Geld von einer Irren anzunehmen?

Clara Konrad hat Ihnen die Zukunft gelesen?, fragte ich.

Ja, sagte die Frau, die Scheine auf ihrem Schoß. Die Gürtelschnalle ihrer Jeans war herzförmig.

Mein Name ist Morgenstern. Ich konsultiere seit zwei Jahren die Astrologie. Ich glaube an die Sterne, keine Frage, sagte sie, als müsste sie ausgerechnet mich unbedingt davon überzeugen, *wenn die Planeten den Lauf der Gezeiten bestimmen, Meer zu Ebbe und Flut zwingen können, dann müssen sie doch auch Macht über die Menschen haben! Aber nie fühlte ich mich so aufgehoben, so verstanden wie bei Clara Konrad. Sie erst hat mir genau erklärt, wann meine Sterne in der glücklichsten Konjunktion stehen. Hat mir über das Telefon unendliche Möglichkeiten aufgezeigt, meine Ängste und Sorgen gelesen, als ob wir uns schon Jahrzehnte kennen. Vor zwei Wochen fragte ich sie, was ich mit einem bescheidenen Erbe anstellen sollte. Sie erklärte mir, wann genau die Venus Fruchtbarkeit anzeigt und Mars diese in Reichtum verwandelt. Dass mein Aszendent, der Krebs, einer Phase großer Kraft entgegensah, nachdem ich lange, weiß Gott zu lange, unter problematischen Konstellationen zu leiden hatte. Noch nie ergab alles so viel Sinn. Noch nie ergab* ich *so viel Sinn. Die nächste Woche, sagte sie, sei meine Woche. So viel kosmische Kraft komme nie wieder. Also habe ich alle meine Ersparnisse aufs Spiel gesetzt. Bin ins Casino gegangen, an den Roulettetisch, obwohl ich nichts davon verstehe. Habe auf meine Geburtsdaten gesetzt. Alles, was ich hatte. Und ich habe gewonnen! Immer wieder gewonnen! Jetzt habe ich mehr, als ich mir jemals erträumt hätte.*

Sie beendete ihre Geschichte mit einem Kopfschütteln. Griff nach meinem Glas Wodka und trank, ohne eine Miene zu verziehen.

Ich bin Clara Konrad, sagte ich.

Die Frau schaute von unserem Glas auf.

Nun also doch?, fragte sie.

Wissen Sie, ich senkte die Stimme, *man muss sehr vorsichtig sein. In meiner Position. Sie glauben ja nicht, wie viele Menschen mich aufsuchen, konsultieren wollen*, meine Stimme war zu einem Raunen geworden: *Auspressen.*

Dann haben Sie die Gabe wirklich?, flüsterte sie mir zu. Wir waren wenige Zentimeter voneinander entfernt. Ich konnte ihr neues Leben riechen: Sandelholz, teure Hautcreme, Massagen. Ausflüge ans Meer oder nach Paris, aufgehaltene Türen, Himmelbetten. Ich sah ihre Wünsche vor mir: niemanden um Erlaubnis fragen zu müssen, Kleider nur für den einen Abend kaufen, immer ein Glas Champagner zur Hand. Was man sich eben wünscht in der zweiten Hälfte eines Lebens, das bis dahin ereignislos geblieben war.

Wie sollte ich sonst schon wissen, was erst noch passiert?, flüsterte ich.

Es ist also wahr und wird wahr bleiben?, flüsterte sie.

Es ist so bestimmt, flüsterte ich.

Alles?, flüsterte sie.

Alles, flüsterte ich.

Gott sei Dank, sagte sie und lehnte sich erleichtert zurück, die Scheine in der Hand. Ich spürte ein Ziehen im Magen, einen Appetit, nicht auf das Geld, sondern auf die Aussicht, dass sie mir noch mehr geben würde. Drei Jahre ungeschlagen. Lionel, Solana und all die anderen: Zeit für einen Preis.

Erzählen Sie bloß nicht auf der nächsten Party von Solana und Lionel. Es gab sie nie, sie fielen mir nur ein, ich habe sie erfunden. Verzeihung. Eine ziellose Gewohnheit, ein paar Sekunden halte ich durch, bevor ich mich selbst enttarne. Heute bin ich ehrlich, aus Gründen, die man später verstehen wird. Es ist meine Wahl. Es gibt diese Menschen, die nach einem Hirnschaden nicht mehr lügen können. Die nur nacherzählen, was sie sehen und hören. Bei mir liegt die Sache anders. Keine Solana, kein Lionel, nur eine in die Enge getriebene Frau in einer Spelunke.

Geben Sie mir Ihre Hand, sagte ich sanft zu Frau Morgenstern.

Sie lesen auch die Hand?

Ich lese alles. Die Zeichen sind überall, sie offenbaren sich allen, die sehen wollen. Ich bin bloß Übersetzerin der kosmischen Energien.

Schauen Sie, sagte sie und streckte mir ihre Handfläche hin, *schauen Sie bitte genau hin. Was passiert als Nächstes? Was kommt nach dieser Glückssträhne? Sagen Sie mir die Wahrheit! Ich bezahle Ihnen, was Sie wollen. Sie arbeiten exklusiv für mich.*

Ich hielt ihre Hand in meinen und musterte sie genau. Diese Frau versuchte, die Kontrolle über mich zu übernehmen. Ich musste Zeit gewinnen, musste sie im Unklaren lassen, damit ich nachdenken konnte.

Das kann ich nicht, sagte ich.

Was hält Sie ab?

Ich habe einen Vertrag mit dem Zentrum.

Kündigen Sie. Ich bezahle Ihnen das Zigfache.

Es geht nicht um Geld.

Es geht immer um Geld.

Ich stehe im Wort.

In wessen Wort?

Sie zog die Hand weg.

Ich werde darüber nachdenken. Jetzt aber zurück zu Ihrer Hand.

Sie gehorchte. Und ich begann, sie zu lesen. Nicht ihre Haut und die Gräben darin. Die waren völlig bedeutungslos. Ich blickte viel tiefer. Ich will versuchen, es Ihnen zu erklären.

Alle Menschen, jedenfalls alle, die ich jemals getroffen habe, bestehen aus zwei Anteilen. Man könnte sagen: das Innen und das Außen. Oder auch: ihre Angst und ihre Liebe. Alles, was wir tun und sind, kann damit erklärt werden. Ich habe Hunderte, Tausende Male genau danach Ausschau gehalten, und ich habe immer diese zwei Energien gefunden: das, was ein Mensch sucht, und das, vor dem er flieht. Wie alle anderen sehe ich, was wir davon zeigen. Aber ich spüre auch, was wir verbergen. Es kommt über mich, ob ich will oder nicht. Auf meiner Haut, meiner Zunge, in meinen Ohren erfahre ich die Geheimnisse der Menschen. Manche, die Schüchternen und Stummen, sind ein Akkord, ein Lächeln in Dur oder ein Klagen in Moll, der langsam verklingt.

Sie teilen wenig, und ich muss genau hinhorchen, um Angst und Liebe darin zu entdecken. Die meisten aber zeigen der Welt vieles, Uneindeutiges, bestehend aus einer Variation von Geräuschen, als ob man mitten in der Stadt die Augen schließt und den Lärm zu sortieren versucht – und doch niemals alles erfassen kann. Manche Menschen kann ich an meiner Handfläche ertasten, aber ich muss aufpassen. Als Kind steckte man die Hand in eine dunkle Box, in der Ekliges oder Harmloses wartete, doch weil man nicht gewohnt war zu tasten, brauchte man lange, um eine Raupe zu erkennen, und manchmal war sie dann zerdrückt. Irgendwann verstand ich, wann etwas spitz sein könnte und ich vorsichtig sein musste. Ich verstand, wie sich Angst in meiner Hand anfühlte. Wo die Wärme lag, die Liebe und warum Menschen sie so oft verstecken, als zerfiele sie, sobald jemand sie spüre. Manche Menschen sind verschlossen, misstrauisch, dann ist da nur eine kurze Ahnung, ein schwacher Geruch, der durch Seife und Parfum dringt, und mir verrät, dass sie etwas zu verbergen versuchen. Manche Menschen verschließen sich, sobald sie merken, was ich tue. Ihre größte Angst ist, dass jemand ihre Angst erkennt. Diese Frau nicht. Sie wollte gesehen werden.

Sie werden eine längere Reise tun, begann ich, der sie weit wegführe, doch an einen Ort, der ihr seltsam vertraut sei. Dass sie einige Verehrer haben würde und eine gute Freundin, die ihr nicht von der Seite wiche. Man könne natürlich niemals sicher vorhersagen, was passiere, aber ihre Lebenslinie in Verbindung mit ihren Sternen lasse bei seriöser Betrachtung nur eine plausible Zukunft zu: die der Abenteurerin. Der Heldin ihrer eigenen Odyssee. Sie erwarte eine Abfolge von Schicksalsmomenten (ich klang wie eine Kirmeswahrsagerin), und auch wenn sie niemals den Tag vor dem Abend loben, nicht zu viel riskieren solle, so logen die Zeichen nie (ich klang wie ein Glückskeks). Sie hätte mir auch geglaubt, wenn ich ihr von einem sprechenden Esel erzählt hätte, der sie besuchen würde, behängt mit Gold und Schmuck. Aber da fehlte noch etwas. Alle äußeren Reichtümer und Erlebnisse, das spürte ich, konnten ihre Leere nicht füllen. Sie wollte selbst eine andere werden.

Seltsam, sagte ich. *Wie heißen Sie, sagten Sie?*

Morgenstern.

Von Morgenstern?

Nur Morgenstern.

Seltsam, wiederholte ich.

Was ist seltsam?, fragte sie.

Ich weiß es noch nicht genau.

Viele Menschen waren so einfach zu lesen wie diese Morgenstern, so offen in ihrer Sehnsucht, dass diese wie ein Geist neben ihnen stand. Doch durfte es nie zu leicht wirken. Man musste sich wundern, staunen, tasten und hadern. Bevor man es erfüllte, musste man ihnen etwas Zeit geben, ihrem eigenen Flehen zu erliegen, ihr Verlangen vollkommen zuzulassen, sich mit jeder Faser zu wünschen, dass ich es gleich aussprechen und vorhersagen würde, sodass ich sie fühlen konnte, als wären wir eins. Und mit dieser Gewissheit über das Innen und Außen eines Menschen kam ein Schatten über mich. Mir wurde kühl, manchmal auch heiß, je nach Ladung ihrer Begehren, ob sie Angst hatten oder zornig waren, als hätte eine unsichtbare Sonne ihren Winkel verändert.

Ich lese hier etwas über Sie, sagte ich, und ihre Hand zuckte kaum merklich, *was Sie selbst noch nicht wissen.*

Sagen Sie es mir!

Als Kind begann ich, diese Ahnungen zu nutzen, lange bevor ich sie benennen konnte. *Sie ist komisch*, hörte ich meine Mutter einmal zu einer Nachbarin sagen, die auch von weit her stammte und deswegen als vertrauenswürdig galt. Auch wenn sie hinter dem Rücken meiner Mutter schlecht über uns sprach, weil diese lange Beine hatte und die Männer im Haus ihr manchmal hinterherschauten. *Manchmal scheint sie vor mir zu wissen, was ich denke*, sagte meine Mutter. *Und manchmal scheint sie schwachsinnig in der Gegend herumzustarren, wie von einem anderen Stern.*

Sie ist etwas Besonderes, sagte die Nachbarin. Aber ich wusste, dass sie es nicht so meinte. Sie wollte meiner Mutter nur ein schlechtes Gewissen machen, dass sie mir nicht genügte, mich nicht erreichte. Einige Jahre später wurde mir erst klar, wie recht sie hatte: Ich sehe Menschen nicht als das, was sie sind, sondern als das, was sie gerne wären. Ich sehe nicht, was sie haben, sondern was ihnen fehlt.

Ich muss mich nur trauen, aus ihrer Liebe und Angst eine Geschichte zu machen.

Hat Ihre Familie irgendwann den Adelstitel abgelegt?, fragte ich Frau Morgenstern.

Nicht dass ich wüsste.

Wirklich seltsam.

Ich strich langsam und gleichmäßig über die Hand, als hätte ich vergessen, zu wem sie gehörte. Ich würde sie nicht mehr quälen als unbedingt nötig. Dann würde ich ihr geben, was sie brauchte.

Was ist daran seltsam?

Diese Linie.

Welche Linie?

Diese kurze Linie hier, sehen Sie? Sie ist ein typischer Hinweis auf adeliges Blut.

Schweigen. Niemand konnte verborgene Türen im Innern verschlossen halten, wenn nur der Schlüssel passte.

Was bedeutet das?

Nun... ich sehe in Ihrer Hand eine Linie, die früher oft zu Adeligen gehörte, oder zu welchen mit blauem Blut, die aber aus dem Adel gedrängt wurden. Ihnen wird oft ein besonderes Schicksal zuteil. Sehen Sie, wie elegant sie verläuft, die Hand nahezu symmetrisch teilt. Ein Zeichen einer höheren Ordnung. Sie dürften sie gar nicht tragen, es sei denn ...

Was ist der Trick dabei, fragen Sie sich? Ganz einfach: Erzähle den Menschen, dass sie reich werden, und sie werden dir zuhören.

Es sei denn, was?

Erzähle den Menschen, dass sie sich dafür nicht ändern müssen, und sie werden dir alles glauben.

Es sei denn, Sie sind adlig. Und wissen es nicht.

Erzähle den Menschen, dass sie besonders sind, und sie werden dir überallhin folgen.

Ich wusste es, sagte sie tonlos.

Ich blickte auf. Sie lächelte mich an wie ein neugeborenes Kind.

All die Jahre wusste ich es. Ich danke Ihnen so sehr, Clara.

Ihre Augen füllten sich mit Tränen. So saßen wir eine Weile, meine Hand nun in ihrer, die sie ab und zu drückte.

Es ist nicht einfach, sagte sie schließlich, *immer zu wissen, dass man anders ist. Und nicht zu wissen, warum.*

Ich nickte.

Sollten Sie etwas brauchen, zögern Sie nicht, sie gab mir ihre Karte, *was auch immer es ist. Sie sind natürlich eingeladen.*

Sie legte einen Geldschein auf die Theke. Es war viel zu viel.

Mein Glas stand halb voll. Ich nickte Morgenstern zu, wir gaben uns noch einmal förmlich die Hand, und ich verließ das Lokal. Die frische Luft klärte meinen Kopf, ich musste weiter, zur Bahn, die Treppen hinunter und hinauf, wurde wieder zur eiligen Arbeitnehmerin, bis ich schließlich ins Zentrum kam und für all die anderen Kundinnen erreichbar war, nicht ahnend, dass dies mein letzter Tag dort sein würde. Ein Tag im Monat Januar, im Zeichen des Wassermanns.

Wenn es einen Moment gibt, in dem ich hätte umkehren können, alles ungeschehen machen oder wenigstens nicht mehr passieren lassen, als unbedingt passieren musste, einen Moment in meiner Geschichte, in dem ich eine echte Wahl hatte, dann war es der in dieser Kaschemme. Ich hätte mich als eine andere ausgeben können, ablehnen, weglaufen, schreien. Aber ich war zu schwach. Ich dachte nicht darüber nach, was passieren würde. Verurteilen Sie mich dafür?

Damit muss ich leben. Seit ich hier bei Ihnen bin, liege ich manchmal nachts wach, lausche der Stille. Mache mir bewusst, dass ich nichts höre außer dem Rauschen meines Blutes und ab und zu einem Knacken in der Wand. Und dennoch geht Gelächter durch meinen Kopf, erfüllen Stimmen den endlosen Raum zwischen den Ohren, geisterhafte Geräusche, die ich nicht hören kann, die aber genauso sehr oder nicht existieren wie alles das, was draußen ist. Die meisten Menschen scheinen immer zu wissen, was real ist und was nicht, was richtig ist und was falsch.

Ich wäre mir da nicht so sicher.

2

Damit beendete ich meinen ersten Bericht. Es hatte gedämmert, während ich gesprochen hatte, und der Regen auf den Hängen des Tals schluckte das letzte Licht. Der Raum meiner Beraterin schimmerte grau, doch würde sie nicht aufstehen, bis ich es tat. Wir saßen uns gegenüber, in den zwei Sesseln, dazwischen der flache Glastisch mit Stift und Papier und Taschentüchern und einer Karaffe Wasser, zwei Gläsern aus funkelndem Kristall und ihrem Aufnahmegerät. Als ich schwieg, beugte sie sich nach vorne und schaltete eine Lampe an, die wie ein goldenes Ei zwischen uns schwebte. Wir waren erst am Anfang. Nachdem ich endlich alles erzählt haben würde, könnte sie mich verstehen. Wie lange es auch dauerte.

Was geschah dann?, fragte sie und lehnte sich in ihrem Ledersessel zurück. Ihr feines Gesicht, die schmale Nase, die glatten blonden Haare: Leicht schien sie und zerbrechlich wie ein Schmetterling, aber gleichzeitig stark und beschützend. Wenn ich in ihrem Sprechzimmer war, fühlte ich mich sicher. Ich stellte mir vor, wie sie diesen Raum eingerichtet hatte: das Bild des Institutes über der Couch, die Vase mit den frischen Blumen auf ihrem Schreibtisch, Magnolien und Lilien und Margeriten, das Regal mit den Büchern an der seitlichen Wand. Ich stellte mir vor, wie sie den Raum in ihrem Inneren sah, wenn sie zu Hause war. Wie sie sich darauf freute, hierher zurückkehren zu können und zu wirken, ein Gedanke, der sie mit Wärme erfüllte und mit einem silbrigen Hauch von Macht. Ich sah sie vor mir, ihr ganzes Leben, als hätte ich es erfunden: wie sie in ihrer Wohnung umherging, die ebenso warm und rein schien, mit denselben Kirschholzmöbeln eingerichtet und auf dieselbe Art steril und zugleich belebt wirkend, einen ihrer Kaschmirpullover in Braun oder Beige überwarf und die Tür zuzog. Wie sie in ihr graues Cabrio stieg, die Sitzheizung anschaltete, den Schal enger um den feinen Hals schlang und losfuhr, das Tal entlang und hinauf, bis sie schließlich mir gegenübersaß und nichts tat, als zuzuhören; auf eine zugeneigte, schwesterliche Art, dass ich nicht anders konnte als erzählen. So sprach ich weiter und weiter, geborgen in diesem Raum der Zuneigung, vergaß die Welt um uns, um meine Welt zu verstehen.

Dann fuhren Sie also zur Arbeit, in dieses Zentrum?

Mit der Bahn, wie ich es vorgehabt hatte.

Sie arbeiteten dort als Astrologin?

Ihr Zeichen ist die Waage, richtig?

Ist das wichtig?

Ich würde Ihnen gerne eine kostenlose Beratung anbieten. Seit dem Zentrum habe ich nicht mehr die Sterne für jemand gelesen. Ich vermisse es manchmal.

Vielleicht später. Beschreiben Sie mir bitte zuerst Ihre Arbeit dort, wie kann ich mir das konkret vorstellen?

Damit mir endlich diese Fragen gestellt wurden, hatte ich viel Geld bezahlt, mehr, als andere im Jahr verdienen. Hatte mich in einen Zug gesetzt und war am Bahnhof abgeholt worden. Hatte den Fragebogen beantwortet, mit Allergien, Vorerkrankungen, Behandlungen, ein Zimmer bezogen, mich einige Tage *akklimatisiert*, wie sie es hier nannten, bis sie auf mich zukam und unsere Termine begannen. Unter uns das einsame Tal, darüber der Wald. So ruhig lag das Institut zwischen der Welt und dem Berg, dass alles klang, als läge hoher Schnee. Es schmiegte sich, so sagten seine raren Besucher, in das Tal wie eine Katze in den Schoß ihres Menschen. Der Gipfel mit seinen nackten Felsen überragte die Gebäude, die ihren Kopf und ihren Schwanz sanft an die Höhen legten. Die Hänge stiegen hier steil an, weit oben trugen sie Eis, nur eine kleine Straße führte hinab in die Welt. Auf dem Plateau hockte das große Herrenhaus mit seinem steinernen Portal. Die Anbauten ringsherum an den Hang gewürfelt, in den Berg hineingepasst. Die Terrassen der Zimmer sauber aufgereiht, jedes mit Talblick. Ein flaches Wirtschaftsgebäude duckte sich an ihren Rücken. Dahinter begann der Wald.

Erzählen Sie weiter. Dafür sind Sie hier.

Sie haben recht, und dieser Ort ist perfekt dafür. Die Zimmer schmal eingerichtet: das Bett, mit Eukalyptuswäsche bezogen, wunderbar weich, die Matratze dagegen hart. Ein Tisch und ein Stuhl, Schränke und Spiegel. Mehr gab es nicht. Nichts sollte ablenken vom einzigen Gegenstand, der hier zählte. Nicht einmal das Essen. Es war fantastisch, keine Sorge, aber leblos. Ohne jedes tierische Produkt, obwohl wir hier oben vermutlich den besten Käse und immer frische Milch bekämen. Heute gab es gerösteten Blumenkohl mit einer Consommé aus roter Beete und dazu Shiitake-Pilze, an Sesamöl geröstet und mit Orangensaft abgelöscht. Das Dessert war am besten: Holunderblüten, Kaffee-Eis, Kaffeecremé, Passionsfrüchte. Kein Wein, wie Sie wissen, nur alkoholfreien, der wie Seife schmeckt. Überhaupt kein Alkohol, nur schwachen Kaffee, dafür tausend Sorten Tee, jeden erdenklichen Saft. Ich will mich nicht beschweren. Ich habe lange viel schlechter gelebt. Früher musste ich mich, um solches Essen zu bekommen, mit einem Notizblock in ein Restaurant setzen und behaupten, ich sei eine Kritikerin, was die Leute immer sehr aufregte. Das Personal hier hingegen bleibt angenehm grau. Arbeitsdrohnen, nur für uns zuständig. Kaum zu glauben, dass sie nach Hause gehen und essen, lachen, weinen, lieben, miteinander schlafen. Über uns reden. Ich weiß, dass wir alle hier recht speziell sind. Eigentlich würde ich mir beim Essen gerne Notizen machen für unsere Gespräche. Aber die Menschen sind doch interessanter. Weil hier keine Telefone erlaubt sind, müssen sie sich miteinander beschäftigen. Und ich kann nur raten, wer sie sind.

Zum Beispiel der Mann, der mir gegenübersitzt und den ich mir als Freund ausgesucht habe, weil er genau den richtigen Grad an Flüchtigkeit in seinen Blicken hat, die mich immer wieder treffen, aber nie lange bleiben; wie streunende Katzen nur kommen, weil sie hungrig sind nach Erklärungen. Weil seine Hemden genau richtig teuer, aber immer leicht verknittert aus der Hose hängen, seine Pullover darüber fein, aber zu eng, seine Haare nur jeden dritten Tag gewaschen, seine Brille hastig mit einem Tuch geputzt, aber nie sauber, sein fransiger Bart ein Vorbote kommender Kapitulation ist.

Oder dieses Ehepaar. Sie mögen vielleicht Anfang sechzig sein, er etwas älter. Beide sehr gepflegte Menschen, wie man sie auf dem Weg ins Konzerthaus sieht. Was sie wohl hier tun? Sie scheinen sich jedenfalls sehr zu lieben. Halten Händchen, berühren sich oft, bringen sich gegenseitig etwas vom Buffet mit. Liegen abends sicher in einem Doppelbett, unter diesen weichen Decken, und halten weiter ihre Hände, bis sie einschlafen. Sie hat einen Akzent, ich weiß nicht, woher, er tanzt so leicht um ihre Silben wie ein Vogel über Wasser. Jemand raunte neulich, ihr gehöre halb Österreich, Forstwirtschaft, alter Adel. Sitzen die beiden auch bei Ihnen? Reden Sie mit Ihnen über Geld? Oder sind sie tatsächlich so reich, dass sie es lieber verschweigen? Am Ende sind doch alle Menschen gleich. Fragt man sie, wer sie sind, präsentieren sie eine Fabel ihrer selbst, die vielleicht nicht einmal gelogen ist, die sie selbst glauben. Lügen bedeutet nicht immer erfinden. Wir lassen weg, selektieren, kuratieren, übertreiben ein wenig. Bis alles stimmt.

Zu diesem Ort aber kann man nichts hinzuerfinden. Er ist perfekt. Alles hier ist perfekt. Einzig Kinder gibt es hier nicht. Besser so. Ich hatte immer schon Angst vor Kindern; vermutlich, weil sie nie gut zu mir gewesen sind. Ich legte diese Angst nie ab. Selbst viel später, wenn ich als Erwachsene durch die Straßen lief, an einem Spielplatz vorbei, wo einige größere Kinder auf ihre Zukunft warteten und etwas zu spielen vorgaben, wofür sie eigentlich zu alt waren, ablenken wollten von ihren wahren Plänen, um nicht verdächtig zu sein, wenn am Ende etwas kaputt war oder abbrannte oder gestohlen oder verblutet, wenn ich also an ihnen vorbeiging und sie mich bemerkten, denn Kinder bemerkten eine einzelne Frau immer, dann stellte ich mir vor, wie erst einer, dann zwei mich entdeckten, sich ein Zeichen gaben, den Ball in eine Hecke rollen ließen und sie sich gemeinsam zu mir umdrehten, ich schneller lief, aus Angst vor meiner Erinnerung, was passierte, wenn Kinder einen gemeinsamen Feind ausgemacht hatten. Und diese Angst rochen sie. Eins nach dem anderen begannen sie, hinter mir herzulaufen, ich lief schneller, sie auch, ich blickte über die Schulter, und das war ein Fehler, denn jetzt wussten sie, dass ich wusste, dass sie nur getan hatten, als ob sie spielten, und sie wussten, dass ich wusste, dass sie mich verfolgten und dass ich wusste, dass sie wussten, dass ich Angst vor ihnen hatte. Also rannte ich los, in eine Sackgasse, sie hinterher, wie viele waren es, acht oder zehn oder zwölf, wie viele könnte ich abwehren, bevor sie mich überwältigten und töteten? Wie wehrt man sich gegen Kinder, die zwar schwächer und kleiner sind, aber gemeiner und viele und die wissen, dass ich keine Chance gegen sie habe. Wie stark muss man einem Kind gegen die Schläfe schlagen, dass es bewusstlos wird, wie stark, dass es nie wieder aufsteht, wie viele dieser Schläge konnte ich austeilen, und was würden sie mit mir machen, wenn sie mich überwältigten und ich aufgeben musste?

Seit wann haben Sie solche Angst vor Kindern, Clara?

Ihre Frage riss mich zurück in die Gegenwart. Ich suchte in ihrer Miene nach einem Anzeichen von Verstimmung, dass ich mich verloren hatte. Doch sie blieb unbewegt.

Ich traue ihnen nicht.

Wieso nicht?

Sie unterscheiden kaum zwischen Wahrheit und Fantasie. Wenn sie jünger sind, tauchen sie stundenlang ab in ein Zwischenreich, in dem echt und falsch nicht existiert. Sie sind gefährlich, weil sie an alles glauben.

Lassen Sie uns später noch einmal über Kinder

sprechen. Ich möchte erst verstehen, was genau an diesem Tag passierte, nachdem Sie sich von Frau Morgenstern getrennt hatten. Wäre das in Ordnung für Sie?

Natürlich.

Zurück am Bahnsteig öffnete ich die Jacke, zog sie aus, schnallte den vom Geldbündel schweren Rucksack auf den Bauch, zog die Jacke wieder an, knöpfte sie zu. Der Zug kam, leerte sich, ich stieg ein, stand für drei Stationen, bis meine Beine müde wurden, die Aufregung abgeklungen war. Die Bahn war voll, Menschen wollten immer noch zur Arbeit. Mir taten die Füße weh, der Rücken. Ich war heute schon genug weggelaufen. Dazu ist der Mensch gemacht, dachte ich. Zum Laufen, Weglaufen und Nachlaufen, Anpirschen, Einkreisen, zum Fliehen und Überleben und Berichten davon. Ich schaute einem der sitzenden Männer in die Augen, strich mit der Hand über meinen gewölbten Bauch.

Bitte schön, sagte der Mann und stand auf, schöne Hände hatte er. Ich lächelte, nach unten, immer nach unten, das wollen sie von uns: Dankbarkeit, wenn sie uns gut behandeln. Verständnis, wenn sie uns schlecht behandeln. Mitleid, wenn sie uns schlagen. Unsere Gesichter sind Täuschungsautomaten, dachte ich, wir haben sie fein trainiert.

Danke Ihnen, sehr freundlich, sagte Clara Konrad, sagte ich und setzte mich, das Geldbündel vor dem Leib wie ein ungeborenes Kind. Dann endlich kam ich im Zentrum an.

Sie nickte mir zu. Ich spürte, dass sie auf diesen Teil gewartet hatte, ohne ihn zu forcieren. Ich hatte ihre Geduld auf die Probe gespannt, und sie hatte bestanden.

Beschreiben Sie mir dieses Zentrum ganz genau. Ich möchte es mir vorstellen können.

Es ist eigentlich kein Ort. Es verfügt zwar über Räumlichkeiten, in denen gearbeitet wird. Angemietete Etagen in einem gesichtslosen Gewerbegebiet. Topfpflanzen, graue Teppiche, ein Schild am Eingang. Aber es könnte überall sein. Das Zentrum ist eher ein Zustand. Gasförmig, unsichtbar. Es hat die Flüchtigkeit einer Geschichte, die irgendwo beginnt und sich endlos fortsetzt, obwohl sie längst als erfunden entlarvt wurde. Und gleichzeitig ist es ein profitables Geschäft, geführt von einem Menschen, der einzig an Geld denkt. Dessen schwitzige, unterdrückte Libido sich auf Zahlen und Beträge richtet. Ihm würde ich einen guten Teil meines Umsatzes geben, damit ich Ruhe hatte vor seinen Blicken. Seit er mir etwas Lohn vorgestreckt hatte, nahm er meine Schulden als Erlaubnis, mich noch intensiver anzustarren als davor.

Sie sprechen vom Betreiber des Zentrums, verstehe ich Sie da richtig?

Richtig, der Chef. Ihm gehörte alles. Manchmal glaubte ich fast, wir gehörten ihm.

Wie genau hat er diese Abhängigkeit ausgenutzt?

Er fühlte sich allmächtig in seinem Reich. Es gab nur einen großen Raum, den er von vorne überwachte. In fünf Reihen standen die Tische, jeweils fünf nebeneinander, auf jedem ein Bildschirm, davor Tastatur, Maus, Telefon, Kabel und die Fesseln. So nannten wir das Headset: schwarze Kopfhörer mit einem vor den Mund gebogenen Mikrofon. Persönliche Gegenstände waren nicht erlaubt. Ein Glas oder eine Tasse wurde toleriert, aber kein Essen. Wenn der Chef irgendwo etwas Essbares entdeckte – dazu zählten laut Vertrag auch Bonbons und Medikamente –, musste man den Platz putzen, eine neue Tastatur bezahlen und zur Beobachtung in die erste Reihe umsiedeln. Die unbeliebteste, denn vorne saß er und sah seinem Kapital beim Wachsen zu. Als er vor einem Jahr gemerkt hatte, dass die Studentinnen mehr leisteten, wenn man ihnen eine Kulisse gab, sie an etwas glauben ließ, hatte er die Räume dekoriert. Er verhängte die Wände mit Batiktüchern, kaufte Pakete voller Räucherstäbchen, von denen immer eins in der Schale mit gravierten Sanskritzeichen auf seinem Tisch brannte, installierte versteckte Boxen, aus denen Sitar und Tabla waberte. Er zwang alle, ihn mit seinem Vornamen anzusprechen. Sonst änderte sich nichts. Man bekam zwanzig Prozent der Einnahmen, die man erzielte. Keine Absicherung, keine Abgaben, eine halbe Stunde Pause am Tag. Genug für die Studentinnen. Manche von ihnen waren gerade aus Indien zurückgekehrt, sechs Monate in einem Aschram oder Schweigekloster, manche schauten sich seit Jahren nur die Bilder davon an. Nun suchten sie nach einer Chance, Seele und

Einkommen zu vereinen, etwas Gutes zu tun und sich davon den nächsten spirituellen Beutezug nach Osten leisten zu können. Ich war nie dort gewesen und wollte es auch nie. Aber wie das Weiche, das sie suchten, im Gegensatz zur harten Welt aussah, wie es klang und roch und wie man es in die Stimme legte für ein paar abgerechnete Minuten, das wussten wir alle.

Das Zentrum lag so früh noch still. Ich ging langsam bis nach ganz hinten. Bog in die letzte Gasse, ließ die Finger über die Tische gleiten, liebkoste sie wie ein Pferd, das ich für ein Rennen trainierte. Nur zwei der dreißig Plätze waren besetzt, von Studentinnen mit kleinen Augen, die noch vor ihren Vorlesungen zwei Stunden anschaffen wollten. Frühmorgens riefen die ganz Alten an, die nicht mehr schlafen konnten. Später die Hausfrauen, abends die einsamen Arbeiterinnen. Ich ging zum allerletzten Platz, der mir gehörte. Über drei Jahre hatte ich mich nach hinten gearbeitet, nun würde ich dieses Privileg nie mehr aufgeben. Ich nahm den Rucksack ab, stellte ihn unter den Tisch, setzte mich und schaute rechts neben mir aus dem Fenster, auf den Innenhof mit den Sitzbänken und Betonrotunden, auf das endlose Grau. Die meisten Menschen sahen nur Ödnis, wo auf mich fruchtbare Landschaften warteten. Ich atmete tief ein, inhalierte den Duft von elektrisch aufgeladenem Teppich und Technik, Arbeit und Menschen und Räucherstäbchen und noch etwas anderem, das warm duftete. Es brauchte zwei Menschen, eine Telefonleitung und die Sterne: Wir arbeiteten in einer Fabrik zur Herstellung von Trost.

Der Bildschirm flackerte, ich wollte gerade den Namen der Frau, *Morgenstern*, in die Suche eingeben, da blinkte mein Telefon. Ein blaues Lämpchen zeigte den Anruf an. Alle Geräte im Raum waren stummgeschaltet, man wäre sonst verrückt geworden. Es gab noch ein grünes und ein gelbes, je nachdem, auf welcher Leitung die Kundin war und welche Dienstleistung angewählt wurde. Blau bedeutete die Sterne, das Weltall, die kosmischen Kräfte. Grün bedeutete das Hellsehen, die Verstorbenen und andere Geister. Gelb bedeutete die kabbalistische Konsultation, die metaphysische Wirkung der Zahlen und Zeichen; sagen Sie mir Ihr Geburtsdatum, ich errechne Ihr Schicksal. Um meinen Umsatz zu maximieren, war ich für alle Farben zuständig. Ich musste nur aufpassen, dass ich beim Thema blieb und nichts vermischte. Doch solange man den Menschen erzählte, was sie hören wollten, war es egal, wie man darauf kam. Die blaue Lampe wollte nicht aufhören.

Ich blickte mich im Raum um. Niemand achtete auf mich. Ich hätte das Blinken ignorieren können, aber es hatte seine Wirkung auf mich nicht eingebüßt. Hinter jedem Anruf lag ein Geheimnis, ein Abenteuer, das es zu erkunden und erobern galt. Ein schnelles Gespräch konnte ich immer einschieben, warm werden, mir beweisen, dass ich die Kontrolle hatte. Ich drückte den blauen Knopf und meldete mich: *Guten Tag und herzlich willkommen im Zentrum für Lebensführung. Hier spricht Clara, geprüfte Astrologin und heute Ihre horoskopische Beraterin. Wie können die Sterne Ihnen behilflich sein?*

Gott sei Dank, sagte die Frau. *Endlich sind Sie dran.*

Sie habe ein Dutzend Mal angerufen und immer jemand anderes am Telefon gehabt, bis sie bei mir landete. Ich kannte den Sermon der Stammkundinnen. Man erarbeitete sie sich zwangsläufig. Wem einmal von den Sternen geholfen worden war, der wurde abhängig von ihrer überirdischen Kraft und der Stimme, die sie ausdeutete. Weil es keine feste Durchwahl gab, musste man immer wieder für eins neunundneunzig die Minute versuchen, die richtige Beraterin zu bekommen, welche das Richtige sagen würde. *Gott sei Dank!,* sagte die Frau noch einmal. *Der hat damit nichts zu tun,* antwortete ich und fragte, wie ich helfen könne. Es ginge um ihren Mann, sagte sie, und dass sie vor vier Wochen mit mir gesprochen habe. Er sei krank, schwer krank, Krebs. Sie machte die übliche Pause nach diesem Wort. *Weit fortgeschritten,* sagte sie, und dass ich bei unserem letzten Gespräch ausgeführt habe, welch einzigartig heilende Konstellation für einen Steinbock mit Aszendent Jungfrau wie ihren Mann dieser Monat berge. Dass, gegen alle Wahrscheinlichkeiten, Hoffnung einziehe mit diesen Sternen. Dass ich selten so eine Macht am Himmel gesehen hätte.

Ich weiß, was Sie jetzt denken. Die meisten Leute

halten das alles für Unsinn, bestenfalls für Scheinwissenschaft. Nennen die Astrologie eine Scharlatanerie, die Sorgen zu Geld macht, Wünsche und Ängste ausbeutet, indem sie das Blaue von den Sternen fabuliert, solange die Leute dafür bezahlen. Vielleicht haben Sie recht. Vielleicht sind wir aber auch nur undankbar. Ohne die Astrologie wüssten wir nicht, warum Dinge von oben nach unten fallen oder warum uns das Meer erst nahe, dann fern ist. Jahrtausendelang waren die Gezeiten ein Rätsel für die Menschen, unlösbar wie heute das Zeitreisen. Bis einer auf die Idee kam, dass der Mond daran schuld sein könnte. Und so glauben diese Frau und viele andere fest daran: Wenn das Wasser den Sternen gehorcht und der Mensch zu siebzig Prozent aus Wasser besteht, müssen seine Zustände ähnlichen Gesetzen folgen wie Ebbe und Flut. Oder sollte etwa doch alles Chaos und Zufall sein? Unerträglich. Wenn sie die unendlichen Massen der Meere bewegten, was konnten die Gestirne erst mit uns kleinen Kreaturen anstellen? Und dabei ist unser Geist tiefer als jeder Ozean, also braucht es mehr als einen Mond, um ihn vorherzusagen. Eine ganze Armada an Sternen, die erscheinen und verschwinden und sich gruppieren und beeinflussen. Expertinnen, Gelehrte, Forscher, Weise und Medien, die diese Sterne lesen. Die erkennen, was ihre Kunden von ihnen brauchen. Es braucht uns.

So sagte ich es den Anrufern, die meinten, dass man in den Sternen sowieso nur sähe, was man sehen wolle. Warum ausgerechnet die Zweifler bei uns aufschlugen, habe ich nie verstanden. Vielleicht wollten sie einfach recht haben und dafür bezahlen. Vielleicht wollten sie von mir überzeugt werden, die Freiheit ihres Denkens freiwillig aufgeben, in der Unterwerfung eine Erlösung finden. *Revolution*, sagte ich den Skeptikern. *Wissen Sie eigentlich, was dieses Wort früher bedeutete? Das zyklisch wiederkehrende Kreisen der Himmelskörper. Und genau so eine Revolution steht in Ihrem Leben an.*

Eine Katze huschte über den Innenhof, blieb abrupt stehen, lief weiter. Seltsame Tiere, dachte ich. Schauen dich manchmal an, als würden sie dir bis in die Seele blicken. Gerieren sich so menschlich, so eigen, tun nichts gegen ihren Willen, kommen und gehen. Die Frau fuhr fort.

Er ist ein ganz typischer Steinbock, sagte sie nun. *Mit dem Kopf durch die Wand wollte er, die Sterne wirkten immer stark auf ihn, aber diese Krankheit ...*

Ihr versagte die Stimme. Sie weinte lautlos. Die Stille füllte sich mit einem Flüstern, das nur ich hören konnte. Es kam aus mir, leitete mich. Ich wusste, was zu tun war. Es gab Regeln.

Hören Sie, sagte ich und wartete.

Die wichtigsten Worte waren die, die man nicht sagte. Der Glaube wächst in den Pausen.

Es tut mir sehr leid.

Ich stelle mir vor, wie sie zu Hause sitzt an einem Tisch mit Tischdecke, das Telefon am Ohr. Sie trägt eine Brille und eine Kette aus Bernstein. Sie ist aufgewühlt, sie hat vor dem Anruf hemmungslos geschluchzt, ihre Augen sind gerötet.

Eine astrologische Beratung kann immer nur Wahrscheinlichkeiten aufzeigen. Sie ersetzt niemals eine medizinische Diagnose, geschweige denn eine Therapie. In unseren Geschäftsbedingungen weisen wir ausdrücklich darauf hin, dass …

Hören Sie mir doch zu, unterbrach mich die Frau, schluckte ihre Trauer hinunter. *Das ist es nicht. Es ist …*

Ich hatte gelernt, Tränen durch die Leitung hindurch einzuordnen. Sie waren eine wertvolle Spur: War der Mensch akut verzweifelt oder schon lange traurig? Frisch verletzt oder ewig verbittert? Entsprangen sie dem Unverständnis, dem Groll gegen das eigene Pech? War Enttäuschung ihre Quelle, das zersetzende Gefühl, zu kurz gekommen zu sein? Oder waren es bereits die süßeren Tränen der Kapitulation, wenn er nicht mehr gegen ein Schicksal ankämpfte, sich aufgab? Ich konnte sie schmecken, und wenn ich die Augen schloss, verrieten sie mir alles, was ich wissen musste. Hatte ein Mensch erst die Beherrschung verloren, konnte man ihn Dutzende Minuten in der Leitung halten. Man musste sie nur reden lassen, schimpfen und fluchen, ihrem Gott abschwören und die Welt verdammen – solange sie nicht auflegten. Man lieferte ihnen, was sie hören wollten, wonach sie süchtig waren und wofür sie immer wieder anrufen würden. Manchmal schämte ich mich für sie, so heiß, dass mir die Wangen brannten, weil ihre Wünsche klein waren, so billig; weil sie Geld wollten, mehr Geld als jemand anderes, ein Bruder, eine Freundin; weil sie missgünstig waren, sich ständig verglichen; weil sie meinten, sie hätten etwas Besseres verdient. Ihre Tränen schmeckten giftig. Die meisten aber hatten einfach nur Angst. Vor der Sinnlosigkeit ihres Schmerzes. Vor dem Nichts.

Die Sterne können keine Wunder vollbringen, sagte ich. *Und manchmal sind die Sterne nicht gerecht. Das Leben ist nicht gerecht, das Universum und seine Kräfte, nichts davon ist gerecht.* Ein wichtiges Stichwort: Gerechtigkeit. Nun würden sie ihr Schicksal anprangern, und zwar mindestens fünfzehn kostbare Minuten lang.

Wie soll ich es Ihnen sagen, damit Sie es mir glauben, sagte die Frau. Unter anderen Umständen hätte mich diese Umkehrung amüsiert. *Entschuldigen Sie bitte*, die Frau atmete tief durch, sammelte sich, *Sie müssen mich richtig verstehen.* Sie war schon einen Schritt weiter. Ich wollte etwas Tröstendes sagen. Von einem Leben sprechen, das vor ihr lag, für das ich ihr gerne eine Beratung anbieten könne, nach Anzeichen am Himmel für einen Neuanfang suchen, ein überraschendes Glück im Unglück finden. Die Sterne lügen schließlich nicht.

Er ist wieder gesund, sagte sie.

Stille.

Die letzten Untersuchungen haben keinen Befund ergeben.

Eine Studentin betrat den Raum, blass und zerbrechlich, setzte sich in die erste Reihe. Sie war neu, wollte wirklich helfen. Sie würde keine zwei Wochen aushalten.

Als hätte er niemals etwas gehabt. Die Ärzte glaubten zunächst an eine Verwechslung. Auch meinem Mann fällt es noch schwer. Er muss sich daran gewöhnen, gesund zu sein. Er glaubt an ein Wunder. Nur ich weiß: Die Sterne waren es. Ich danke Ihnen so sehr! Die Sterne haben ihn geheilt, und Sie haben es vorhergesagt.

Bei diesen Worten fing die Frau wieder an zu weinen.

Und ich erkannte: Ihre Tränen waren salzig und süß, nicht pfeffrig und sauer. Es waren Tränen der Erleichterung, nicht der Verzweiflung. Wie hatte ich mich so irren können? Die Frau dankte mir noch einmal. Sie wäre sicher noch zwanzig Minuten geblieben. Ich hätte sie halten können und ausfragen, wer sie und ihr Ehemann waren und warum sie glaubte, dass ich etwas mit diesem Wunder zu tun hätte und wann wir uns zuletzt gesprochen hatten und was genau ich gesagt hatte und welche Sterne ich prophezeit hatte, damit ich nachschauen konnte in den Tabellen, wissend, dass ich nichts finden würde, was ihre Geschichte bestätigte, denn ich hielt mich schon längst nicht mehr an die Tabellen. Wozu auch? Es war alles reine Willkür. Ich hätte würfeln können, welche Sterne wann wo standen und warum. Das einzig Wichtige war, durch das Telefon hindurch etwas zu spüren, zu schmecken, zu riechen, genau zuzuhören und in die Menschen hineinzufühlen. Eine Furcht sprang mich an, eine kalte Furcht vor dieser Frau, ihrem Mann, ihrer Geschichte, ihrem Wahn und dem Telefon, durch das sie zu mir kroch. Also tat ich, was ich vorher noch nie getan hatte, knallte die Fesseln auf den Tisch und unterbrach die Verbindung.

Genau in diesem Moment stand der Chef hinter mir. Er tauchte immer in den schwächsten Momenten seiner Mitmenschen auf. Manchmal war ich überzeugt, er überwachte uns, aber nie hatte ich Kameras gesehen. Dieses schmallippige, pausbackige Menschlein von der Figur einer Tanne, unten breit, oben spitz, mit einem Haarkranz wie ein Gartenzaun um seinen Kopf. Einem Bauch, als hätte er die Hälfte eines Medizinballes gefrühstückt, und kurzen Beinen, die ihn erstaunlich schnell und leise gleiten ließen, sodass er oft erschien, bevor man ihn bemerkte. Sein Kopf war rot, und er trug dazu weite weiße Hemden aus Leinen, in die man hineinschlüpfen musste. Sie verliehen ihm etwas Schwebendes. Er legte eine Hand auf meinen Rücken.

Clara. Mein bestes Pferd im Stall.

Seine Hand fing an, meinen Pullover hinab- und hinaufzuwandern. Das tat er oft, wie um zu prüfen, was ich darunter trug.

Wie geht es uns denn heute?

Vor drei Jahren hatte ich bei ihm angefangen. Der Text der Anzeige lautete: *Telefonkräfte gesucht. Gute Bezahlung, keine Vorkenntnisse nötig.* Dass sich das

Unternehmen *Zentrum* nannte, ließ mich zögern. Ging es um Wissenschaft? Oder waren die eine Sekte? Ich hatte kein Geld, kein Ziel. Ich konnte genau eine Sache. Also zog ich mein einziges Kleid an und ging zum Vorstellungsgespräch. Der Chef setzte mich an ein Gerät, *junge Frauen gehen immer*, sagte er mit einem Blick meine Beine hinab, *und du bist offensichtlich eine. Du nimmst doch keine Drogen?*

Wenn ich Geld für Drogen hätte, so meine ausnahmsweise ehrliche Antwort, *wäre ich kaum hier.*

Stattdessen erzählte ich ihm von Joscha, meinem ersten Freund. Er war sitzen geblieben, einen Kopf größer als die anderen Jungs und dünn. Ein Punker, oder ehemaliger Punker, wie man an der herauswachsenden roten Farbe erkennen konnte, die ihn mit seinen Locken aussehen ließen wie den Kopf eines Streichholzes. Früher war er geschwommen. Jetzt dachte er nur noch an eins. Niemand hatte ihn von dem Zeug wegbringen können, nicht einmal ich. Sein letzter Anruf ein einziges Betteln, wenigstens ein paar Cent. Dann starb er. Ich hasste ihn so sehr dafür, für die Schwäche, für diesen Anruf. Seitdem wollte ich von Drogen nichts mehr wissen.

Der Chef schüttelte den Kopf und schwieg. Männer verstummten, wenn es um den Tod ging, er machte ihnen solche Angst, dass sie alles glaubten. Er setzte mich auf einen der vorderen Plätze.

Meine erste Kundin war eine alte Dame. Sternzeichen Zwilling. Ich blätterte durch das laminierte Handbuch mit seinen aus dem Netz kopierten Darstellungen. Jede Seite zeigte ein Tierkreiszeichen und dessen wichtigste Eigenschaften, aufgeteilt nach: *Stärken, Schwächen, Liebe, Beruf, Geld, Gesundheit* und *Interaktion mit anderen Zeichen*. Es klang alles gleich sinnvoll, gleich fantastisch, gleich glaubhaft. Ich las der Frau einige Sätze vor, spielte vom Blatt und fürchtete immer, dass sie sie schon kannte, aber sie schnaufte nur anerkennend und sagte: *Das bin ja ich!* Mit jeder Minute fühlte ich mich sicherer. Und plötzlich sah ich diesen Menschen und seine Sehnsucht vor mir, als säße er neben mir. Begann zu improvisieren, die Vorlage zu vergessen. Erzählte ihr von den kommenden guten Zeiten, den starken Sternen. Die Zeit flog. Als sie nach fünfundfünfzig Minuten auflegte, stand der Chef vor mir.

Er keuchte immer, egal ob er lief oder saß, keuchte und schnaufte und blies die ganze Welt durch seine Nase. Nur wenn er sich anschlich, hielt er die Luft an. Ich hatte alles um mich herum vergessen, war ganz eingetaucht in meine Geschichten, hatte eine Statik der Behauptungen, ein Kartenhaus aufgetürmt aus Eigenschaften und Sternkonstellationen, Warnungen und Ratschlägen und dazwischen genug Luft gelassen für die Klagen der alten Frau; der Mann tot, die Kinder fern, die Enkel fremd. Sie kannte deren Sternzeichen alle. Ich lernte schnell: Ahnten die Menschen sonst nichts von sich selbst, kannten sie doch ihr Zeichen und das ihrer Mitmenschen. Weniger bekannt waren Schicksalszahlen und Kraftelemente, deshalb konnte ich spontan erfinden, was eine

Sieben oder ein Feuer für einen Zwilling bedeutete. Die Frau war stolz auf ihre ausgleichende Natur, also riet ich ihr, mit ihren Nächsten verständnisvoll oder beharrlich zu sein, je nachdem. Alles lag vor mir wie eine Landkarte. Man musste nur den Sternen folgen.

Junge Dame, der Chef tippte auf seine schwere Armbanduhr, die aus vier kleinen Zifferblättern zusammengesetzt schien, die gegeneinander im Wettbewerb liefen.

Fast eine Stunde.

Hatte ich etwas falsch gemacht? Zu lange gesprochen? Hätte ich die Leitung früher freigeben sollen? Ich betete, bleiben zu können. Ich brauchte diese Arbeit.

Respekt, sagte der Chef, *und das am ersten Tag.*

Mein Telefon klingelte schon wieder.

Ich wollte fragen, ob ich heimgehen sollte. Aber der Chef nickte nur Richtung Hörer. Und ich blätterte schnell zurück zur ersten Seite des Handbuches. Dann meldete ich mich mit dem Namen, den ich mir ausgedacht hatte.

Warum warst du gestern schon wieder zu spät, Clara?

Heute trug er ein Sakko, das aussah, als hätte er Kartoffeln darin versteckt. Es schien ihm gut zu gehen. Er wirkte, als gehöre ihm der Mond.

War ich nicht, antwortete ich.

Clara. Er wiederholte Namen so oft, bis es zur Folter wurde, man alles zugab, auch das, was man nicht getan hatte.

Clara. Ich sehe doch die Zeit beim Einloggen.

Ein Blick auf die vierfache Uhr. Ich war mir sicher, dass ich nicht zu spät gewesen war. Aber das war egal. Er kontrollierte die Zeit. Und wenn er es so wollte, war man zu spät gekommen.

Na gut, sagte ich, *ich wurde beim Schwarzfahren erwischt. Die Kontrolleure wurden laut, niemand wollte seinen Ausweis zeigen, die Jugendlichen stiegen auf die Sitze, alle schrien. Jemand wollte meine Adresse, als Zeugin, aber damit stellen Leute heutzutage die wahnsinnigsten Sachen an. Bestellen 20 Pizzas oder gleich die Feuerwehr, indem sie behaupten, dass man seit Wochen auf keine Klingel antwortet und sowieso immer schon wunderlich war und komplett schwarz angezogen, und schon stehen Männer vor der Tür und klopfen, und weil man Angst hat, stellt man sich tot, oder man ist wirklich nicht da, und dann treten sie die Tür ein. Ich bin lieber schnell hierhergekommen. Es war furchtbar.*

Er nickte besorgt. Das war sein Lieblingslied: dass die Welt verrückt war und untergehen würde, dass alle außer ihm den Verstand verloren hatten und seine Mitarbeiterinnen froh sein konnten, dass er ihnen hier einen Platz bot.

Clara, du Armes, sagte er und fuhr mit der Hand auf meine Schulter. Gleich würde sie langsam meinen Oberarm überqueren. *Ja, die drehen alle durch da draußen. Aber hier bist du sicher. Wie stehen eigentlich die Finanzen?*

Seit er mir vor einigen Monaten etwas Geld vorgeschossen hatte, kam er verlässlich darauf zurück, und manchmal nannte er zu hohe Beträge, die er noch bekäme. Kaum jemand wagte ihm zu widersprechen, wenn er für eine Lohnabrechnung spontan eine Gebühr erfand, die er an den Astrologenverband abgeben musste, oder gestiegene Heizkosten anführte, mitten im Sommer. Es ging nicht darum, dass man ihm glaubte. Es ging darum, dass wir seine Macht spürten.

Gut, sagte ich. Man kam ihm nur mit mehr Lügen bei. Es war ein Tanz, wer stehen blieb, dem trat er auf die Füße.

Ich wollte schon eine der üblichen Antworten geben: Nächster Monat ganz sicher,muss meine Eltern unterstützen, danke für deine Geduld. Dann fiel mir das Geld in meinem Rucksack ein.

Gut?

Ich spürte seine Gier schwer auf meiner Zunge. Das war alles, was ich von ihm wahrnehmen konnte: die Liebe zu mehr. Die Angst, es nicht zu bekommen.

Sehr gut, sagte ich, griff nach unten, holte ein Bündel Scheine hervor und drückte es ihm in die Hand. *Reicht das?*

Er schaute die Scheine an. Dann mich. Dann wieder die Scheine. Die Falten um seine Augen kamen von falschem Lächeln.

Wo hast du das her?

Geerbt.

Er kniff die Augen zusammen. So dumm war er

nicht. Aber wenn es ihm nutzte, glaubte er alles. Geld war ihm ehrlich genug.

Na gut, sagte er. *Wenn du noch etwas brauchst: Ich bin immer für dich da, Clara. Und bitte keine Ausreden mehr. Auch wenn ihr Frauen darin besonders gut seid. Bei Adam und Eva angefangen, die Schlange und so weiter. Müsste man eigentlich ein Geschäft draus machen. Jedenfalls* ... Seine Hand war so tief hinuntergewandert, wie sie konnte. Ruhte sich auf einigen Wirbeln aus. Fuhr wieder hinauf.

... du kannst dich auf mich verlassen, Clara.

Danke, sagte ich, *das weiß ich doch.*

Das Spiel musste weitergehen. Solange man ihm zeigte, dass man untergeben war, sich zur Komplizin machte, war man sicher. Dann fiel mir etwas ein: *War eine Frau hier und hat nach mir gefragt?*

Was für eine Frau?, fragte er.

Eine Kundin.

Wieso sollten die hierherkommen? Die können doch anrufen?

Er zögerte. Als ich nicht antwortete, ging er davon aus, dass ich ihm recht gab. Dann setzte er sich in Bewegung und ließ mich allein, ging nach vorne, zu seinem Tisch, das Bündel im Jackett.

Gegen Mittag kam Pavel. Er schlief meistens lang und machte dafür den Abend, wenn die Arbeitnehmerinnen nach Hause kamen und anfingen, bei uns anzurufen. Er war meine einzige Hoffnung.

Wenn ich Ihnen nun von Pavel erzähle, muss ich etwas vorausschicken. Pavel war ein Sonderfall, einer von Gottes Prototypen. Sein Körper ein Labor der Unsicherheiten. Jede Bewegung, jede Geste schien ihm schwerzufallen, als müsste er sie in diesem Moment erst erfinden, also: zuerst den Beschluss fassen, sie zu erfinden, sie innerlich skizzieren und überdenken und einem Gremium zur Abstimmung stellen, erneut diskutieren und verbessern und betrachten und vermessen und endlich durchführen. Jede dieser Aufgaben schien er mit einem inneren Seufzer zu erledigen, wie ein Straßenkehrer bei Sturm, der weiß, dass jeder noch so gut gemeinte Aufwand vergebens ist. Es war vergebens, schien er sich zu sagen, was immer wir Menschen taten, also konnte man auch ewig unbeholfen sein. Mit den schwarzen Locken, die ihm vom Kopf abstanden, als wollten sie schnell weg, und seinen braunen Pullovern voller Fusseln sah er aus wie ein verwirrter Musiklehrer. Aber er war gut in dem, was er hier tat. Obwohl er schüchtern war und still, konnte er mit seiner leisen Stimme, die sich in die Telefonhörer wand, Menschen auf der anderen Seite alles beibringen. Er erzählte den Anruferinnen von einer besseren Welt, die sie so sein ließ, wie sie eigentlich sein sollten, vor allem aber von den wahren Schuldigen, die sie und die Welt daran hinderten: neidische Brüder und missgünstige Schwestern, kalte Eltern und undankbare Kinder, falsche Freunde und ferne Geliebte. So genau und detailliert und gewissenhaft, dass ihm alle glaubten und gerne in ihre kaputten Leben zurückkehrten, dankbar dafür, dass wenigstens einer dort draußen einen Plan für sie hatte. Er lobte sie für ihren Mut und ihre Kraft. Er wollte ihnen wirklich helfen. Er zeigte mir, wie egoistisch ich war.

Mit einem schwachen Winken setzte er sich zu mir.

Der König sieht glücklich aus, sagte er.

Ich habe ihn gefüttert. Können wir uns unterhalten?

Worüber. War er wieder böse zu dir?

Pavel war länger hier als ich. Er hatte die Anfangstage erlebt, als der Chef seine Arbeitskräfte noch angestellt hatte. Er hatte zugestimmt, als der Chef dazu überging, die Plätze an sie zu vermieten, sie wie Subunternehmer zu behandeln, um Abgaben zu sparen. Er hatte die erfolgsbezogenen Bezahlungen akzeptiert, von denen nur die profitierten, die viel und lange mit Kundinnen sprachen. Er hatte mehrere Belegschaften von Studentinnen kommen und gehen sehen. Manche zerbrachen nach ein paar Tagen, andere hielten Monate durch. Eine hatte es ein Jahr geschafft, aber nichts mehr gegessen und war eines Tages ohnmächtig geworden, sodass Pavel einen Krankenwagen rufen musste. Er hatte dort gesessen, als ich das erste Mal das Zentrum betrat, bis heute: vorletzte Reihe, rechts außen, immer jemanden hinter sich, viele vor sich, den Oberkörper gebeugt, als umarme er den Telefonhörer. Die Fessel benutzte er nie. Man konnte meinen, einen wie ihn musste die Monotonie dieses Ortes böse machen. Aber er blieb gut. Ein Mensch, der im Supermarkt die Türen der Kühlschränke schließt, wenn sie einen Spalt offen stehen, damit die Welt nicht friert.

Über alles, sagte ich und bereute es. Das konnte auch uns meinen.

Wir können auch nach der Arbeit sprechen, fügte ich schnell hinzu. *Oder musst du heute wieder deine beste Freundin treffen*, und ich sagte das so, dass ihm klar wurde, dass ich wusste, dass er wusste, dass ich wusste, dass es keine beste Freundin gab. Er war so einsam wie ein Daumen, hätte meine Großmutter gesagt. Dabei war seine Sanftheit anziehend. Manchmal sah ihn eine der Studentinnen zweimal an und lächelte. Was hieß das schon? Gar nichts. Ich achtete nicht darauf. Auch nicht darauf, wenn er mit ihr sprach, unter Mühen, immer etwas zu leise, immer etwas zu kurze Sätze, aber dennoch: Eine Woche später sah sie ihn nie wieder an. Dann kam sie nicht mehr zur Arbeit. Man kann auf so etwas nicht *nicht* achten. Ich konnte nicht anders, als daran zu denken, was Pavel und sie getan hatten. Es brachte diese Wärme zwischen meine Beine, die ich hasste.

Oder arbeitest du bis nachts, um den Chef auf Abstand zu halten?

Übrigens, lenkte er ab, so wie er immer ablenkte, wenn es um uns ging, *hast du diesen Text gelesen über den Mann, der sieben Jahre in einem Flugzeug gelebt hat? Weil er Schulden hatte und die Gläubi-*

ger am Flughafen auf ihn warteten, überlegte er sich hoch oben in der Luft, wie er an Bord bleiben konnte. Er beobachtete die Stewards und sah, dass ein großes Fach im hinteren Teil unbenutzt war. Er schaffte es, vor der Landung unbemerkt hineinzuklettern und dortzubleiben, bis sich das Flugzeug komplett geleert hatte. Nach der Wartung wurde es wieder in die Luft geschickt, mit einer neuen Crew. Als die Lichter ausgingen, kletterte er hinaus und setzte sich auf einen freien Platz. Weil er Angst vor einer Bestrafung hatte, stieg er auch nach der nächsten Landung nicht aus. Zu essen gab es genug, von den Mahlzeiten blieb immer etwas übrig. Während des Fluges saß er bequem bei den Passagieren. Nach dem achten Flug bemerkte er, dass er in der Luft glücklicher war als auf der Erde. Dass hier oben seine Schulden, sein versautes Leben, seine ganze klägliche Existenz nichts zählten. Also blieb er. Ein ums andere Jahr. Umrundete, so rechnete man später, an die dreihundertmal den Planeten. Legte Gewicht zu, endlich, denn er war immer zu dünn gewesen. Die Haare schnitt er sich nachts mit einer Schere, die es in der Bordküche gab, und nur seine aschgraue Haut störte ihn. Er wäre vielleicht für immer da oben geblieben, doch nach drei Jahren geschah es schließlich: Das riesige Flugzeug war das erste Mal komplett ausgebucht. Er schlenderte durch die Reihen, ging durch die Business Class und wieder zurück bis zu seinem Versteck, vor dem jedoch heute besonders viele Stewardessen unterwegs waren. Und er beschloss, dass es genug war.

Er gab sich als blinder Passagier zu erkennen. Man wollte ihm erst nicht glauben, erst recht nicht, als er auf die Frage, wie lange er schon an Bord war, die Wahrheit sagte.

Pavel schüttelte den Kopf und lachte leise, wie er es oft tat über eine Geschichte, die er eher sich selbst erzählte; die einzigen Gelegenheiten außer Kundentelefonaten, bei denen er mehr sprach als nötig.

Ich frage mich, sagte ich, *ob er nicht furchtbar allein war. Drei Jahre ohne die Chance auf eine menschliche Beziehung.*

Pavel lächelte mich an. Die reine Unschuld.

Plötzlich wusste ich, wohin ich dieses Gespräch führen musste.

Ich kann es dir auch jetzt sagen: Ich habe jemanden kennengelernt, sagte ich, bevor ich darüber nachdenken konnte.

Wen?

Jemanden. Du weißt schon.

Er wurde noch leiser.

Das ist schön.

Er meinte es so.

Wie heißt er?

Sie. Es ist eine Sie.

Er lächelte. Blickte nach unten. Etwas arbeitete in ihm.

Was macht sie denn?

Sie ist Sammlerin.

Kunst?

Bilder, sagte ich und wollte ihn quälen, ihm etwas

vorhalten, was weit außerhalb seiner Welt lag, *riesige Leinwände voller Farben, die durch den Raum zu fliegen scheinen, glitzern und glänzen. Sie wird damit sagenhaft reich werden, wenn sie nur ihren Hang zum Glücksspiel in den Griff bekommt. Sie ist sehr gebildet. Kritisiert das System, das Patriarchat. Großes Herz. Weiß zu viel.*

Woher kennst du sie?

Sie ist eine Kundin. War eine Kundin. Hat mich aufgesucht, wollte meine Beratung. Wir haben stundenlang geredet. Inzwischen ist sie wie eine Schwester. Und noch viel mehr. Wir ergänzen unsere Sätze. Wir erraten unsere Gedanken.

Das klingt wunderbar, Clara.

Sein Lächeln tat weh. Nichts als Erleichterung war darin zu sehen.

Jetzt brauche ich deinen Rat.

Er hatte sich auf meinen Tisch gelehnt, schaute im Raum umher, knetete die Hände.

Natürlich. Worum geht es?

Hat dich schon einmal eine Kundin aufgesucht?

Nicht, um mich zu verführen. Wieder dieses Lächeln. Wir waren Freunde, wir neckten einander. Ich hasste es.

Und um deinen Rat zu kaufen?

Nein. Wieso sollte sie? Sie kann ja hier anrufen?

Wenn sie aber genau deinen will, aus einem bestimmten Grund?

Was für ein Grund könnte das sein? Es ist ein großes Spiel, wie von Kindern ausgedacht. Du weißt das, der Chef weiß das, und jede der Studentinnen weiß es nach ein paar Wochen auch. Es ist reiner Zufall, ob unsere Vorhersagen zutreffen. Aber wenn sie nur fest genug an uns glauben, merken sie den Unterschied gar nicht.

Sein Gesicht war pur. Er meinte alles genau so, wie er es sagte. Sein Innen und Außen waren eins.

Aber was ist, fragte ich, *wenn sie nur mit dir sprechen will, weil eine deiner Vorhersagen zutreffend war? Und zwar bis ins Detail. Und diese Kundin deshalb denkt, dass du ...*

Dass du hellsehen kannst?

Er lachte sein seltsames, helles, nervöses Lachen. Als müsste er nach langer Zeit erst wieder probieren, ob es ihm noch passte. Eine Hand zur Brust gehoben, die andere schlaff im Schoß, krümmte er sich ganz leicht, die Augen zusammengekniffen, und so schnell, wie es gekommen war, verschwand es wieder. Er schaute mich ernst an.

Du willst mir doch nicht sagen, dass du das glaubst?

Natürlich nicht, sagte ich. *Aber dann sind es riesige Zufälle, so unwahrscheinlich, so groß ...*

Er kam ein wenig näher.

Wenn der Mensch eins nicht mag, dann sind es Zufälle. Die Abwesenheit aller Kausalität. Chaos. Deshalb denken wir uns die wildesten Geschichten aus.

Was ist überhaupt der Unterschied, wenn nur jemand fest genug an eine erfundene Geschichte glaubt? Ist sie mehr oder weniger wert als eine Wahrheit, die niemand kennt?

Er lachte wieder und schüttelte sanft den Kopf. *Wenn du das glaubst, sind nicht die Kundinnen verrückt.* Er tätschelte meinen Arm, was ich am allermeisten hasste. Sein Gerät blinkte. Er wandte sich ab, setzte die Fessel auf und nahm das Gespräch an.

Ich schaute auf seinen Rücken. Sehnte mich nach ihm. Beschloss zum hundertsten Mal, dass ich mich genug gesehnt hatte. Dachte lieber über seine Worte nach. War wirklich alles nur Zufall? Nicht nur diese Kundinnen, die wahren Vorhersagen, sondern alles andere auch, mein ganzes Leben? Wenn es Zufall war, dass ich ihn wollte, und auch, dass ich ihn kaltließ – wie grausam konnte Chaos sein? Wenn ich stark genug war, um die Willkür hinzunehmen, brauchte ich eine Geschichte, um über ihn hinwegzukommen. Aber welche konnte das sein?

Dann tat ich zum zweiten Mal etwas, was ich noch nie getan hatte: Ich rief zurück. Die Kundin, die eben geweint hatte, nahm beim dritten Klingeln ab.

Guten Tag, sagte ich. *Wir haben miteinander gesprochen.*

Clara Konrad?, fragte sie.

Ja. Ich habe eine Frage.

An mich?

Glauben Sie, es war ein Zufall, mit Ihrem Mann, also eine glückliche Fügung? Oder glauben Sie, es waren die Sterne, und ich habe es vorhergesagt?

Wie meinen Sie das?

Die Verbindung brach ab. Der Chef stand vor mir.

Das Kabel des Telefons in der Hand. Vor lauter Angst vor ihrer Antwort hatte ich ihn nicht bemerkt.

Clara. Was ist los mit dir? Seit wann mischen wir uns in deren Leben ein?

Wie viel von dem Gespräch hatte er gehört?

Es ist meine Schuld. Pavel hatte sich umgedreht. *Ich habe gewettet, dass sie sich nicht traut, die Frau zu überreden, täglich anzurufen.* Als ich nichts erwiderte, bedachte der Chef mich mit einem müden Blick, steckte das Kabel wieder ein und verschwand so leise, wie er gekommen war. *Danke,* sagte ich. Pavel tat so, als wäre nichts gewesen.

Der Chef hatte Macht über mich. Ich hatte Angst vor ihm. Ich verfluchte mich, meine Familie, die Armut. Wenn er mich feuerte, hatte ich ein Problem. Nichts zu haben, worauf man sich verlassen konnte, war wie Höhenangst. Man wusste, dass man nicht fiel. Aber die Angst davor ließ einen taumeln. Und dann fiel man doch.

Mein Telefon blinkte. Ich nahm an. Rechnete mit dem Schlimmsten. Doch an diesem Tag passierte nichts mehr. Vielleicht bleibt es dabei, dachte ich. Vielleicht hatte sich das Universum beruhigt. Keine konfliktreichen Konjunktionen störten mehr. Vielleicht hatte Pavel recht. Vielleicht wurde ich einfach nur langsam verrückt.

Ich brauche eine Pause, sagte ich. *Morgen erzähle ich Ihnen mehr.*

Sie hatte keinerlei Reaktion gezeigt. Ich hatte fast

vergessen, wie gut ihre Stimme klang, als sie antwortete.

Vielen Dank, Clara. Ich weiß, es braucht Mut und Kraft, sich zu öffnen.

Danken Sie mir, wenn Sie die ganze Geschichte kennen.

3

Als mein Bruder verschwand, weckte er mich mitten in der Nacht.

Du musst mir versprechen, niemandem etwas zu sagen.

Er hatte seinen Rucksack auf der Schulter.

Wenn du mich nicht geweckt hättest, hätte ich genauso wenig gewusst wie sie.

Er dachte nach.

Du kannst nicht lügen, sagte er. *Das ist dein Problem.*

Dann schlich er aus dem Zimmer.

Einsamkeit ist eine Hand auf der schlafenden Stirn, und wenn man aufwacht, ist sie längst fort.

Wer nicht mit seiner Beraterin spricht, isst oder spazieren geht, sitzt im zum Tal gelegenen Foyer des Institutes um den Kamin herum und versucht, unauffällig zu sein. Es gibt hier keine sonstigen Behandlungen, keine teuren Massagen, keine Schlammpackungen, keine Seidenmalerei. Nachdenken und Erzählen, sonst nichts. Wir blicken durch bodentiefe

Fenster hinaus in die Dunkelheit, spiegeln uns in ihr, sodass jede Fledermaus über unsere Gesichter fliegen kann. Tiefe Ledersessel und einige wenige runde Tische, darauf Papier in ledernen Mappen und die feinsten Schreibwerkzeuge, die ich jemals in der Hand hatte.

Mein neuer Freund sitzt mir gegenüber. Der Mann mit dem fransigen Bart war der Einzige, der meinen Blick mied, nie lächelte, noch mehr für sich sein wollte als ich. Ich habe seit Tagen beobachtet, wie er diesen Blick durch das Institut schweifen lässt, auf der Suche nach einem Anker, einem Strohhalm, an dem er sich festhalten kann. Er ist perfekt. Ich lege einen Finger an den Mund. Schaue ihn an. Er schweigt, voller Angst, dass es kein Geheimnis gibt, das alles erklärt. Es ist Zeit, ihm eines zu schenken.

Ich nehme ein Blatt Papier, schreibe darauf: *Sie belauschen uns.* Drehe es zu ihm um, sodass er es sehen kann. Halte seinem Blick stand, der unruhig zwischen meinen Pupillen hin und her tanzt.

Immer + überall, schreibe ich.

Er schaut an die Decke, zu den Lautsprechern. Zu mir. Ich nicke. Er wirkt erleichtert. Nimmt das Papier.

Ich weiß, schreibt er.

Er hat es gerochen, das Plastik der Überwachungsapparate, das nach Raumschiff und Ordnung duftet. Ansonsten riecht hier alles nach Zirbenholz. Sie haben den gesamten Komplex damit ausgekleidet, die Zimmer, die Räume, die Gänge. Das Holz soll uns beruhigen. Bei manchen hier funktioniert es nicht. Sie bräuchten Stärkeres, bekommen es aber nicht. Man lässt ihnen ein anderes Heilmittel angedeihen: die Wahrheit.

Sie zeichnen alles auf, schreibe ich, *auch in den Zimmern.*

Er blickt erschrocken. *Warum,* schreibt er hastig.

Damit wir zu lügen aufhören, schreibe ich.

Er liest, schlägt die Hände vors Gesicht. Die beste Lüge ist jene, in der alle anderen lügen. Er sammelt sich nach einigen Momenten, nimmt Zettel und Stift und schreibt. Dreht das Blatt zu mir: *Woher weiß ich, dass du nicht eine von denen bist?*

Er ist offensichtlich einer derjenigen, die an die ganz große Verschwörung glauben. Ich kenne die Sorte. Sie wollen unbedingt zu den Wissenden gehören.

Ich umkreise das *ich,* schreibe ein *r* zu *eine,* drehe das Blatt um.

Er denkt lange nach. Auch wenn er mich noch so lange anstarrt, schaue ich nicht weg. Das ist das Wichtigste.

Er nimmt einen weiteren Zettel, schreibt: *Die Zettel + Stifte. Müssen weg.*

Auf jedem Zimmer liegen noch einmal Papier und Stifte, ein Kugelschreiber pro Zimmer, die sogar mit unseren Initialen graviert sind. Es gibt auch Tastaturen und Monitore, eingelassen in die Wand gegenüber vom Bett, in den Gängen und Gemeinschaftsräumen, obgleich man Handschrift bevorzugt, weil sie ehrlich sei und direkt mit der Seele verbunden. Schreiben sollen wir, so viel wie möglich, und dabei ins Erzählen kommen.

Beweise vernichten, schreibt er und starrt mich an.

Ich, schreibe ich. *Kamin.*

Er nickt. *Und jetzt?*

Abwarten, schreibe ich. *Zeit wird kommen.*

Er nickt wieder. Seine Lippen zwei Striche. Er hat seine Mission angenommen.

Ich sammle Zettel und Stift ein und stehe auf. Niemand beachtet mich, wie ich zum Kamin schlendere, die Hände ans Feuer halte, als wollte ich mich wärmen, in die Knie gehe, mich noch einmal umschaue, ich die Zettel zusammenknülle und den Stift in das Knäuel stecke und alles zusammen tief in die Flammen werfe, wo es innerhalb von Sekunden blau umleckt zu schmelzen beginnt; so wie das Geheimnis, der Fluch, die Rebellion, die mit ihnen begonnen hat, angefeuert wird, heiß und heißer, und sich schließlich in Rauch auflösen wird. Ich straffe mich und verlasse den Saal, ohne mich noch einmal umzudrehen. Dann gehe ich zu ihr. Setze mich. Warte, bis sie mich anschaut und mir zunickt. Und erzähle.

Als ich an diesem Abend aus dem Zentrum nach Hause kam, war ich sehr müde. Es war längst dunkel, und doch schaltete ich kein Licht an. Es gab wenig zu sehen: Wohnzimmer, Schlafzimmer und Küche, Ankleidezimmer und Flur, alles in einem Raum. Ein *Studio*, wie die Makler es beschönigten, mit Klappbett und zwei Stühlen, Tisch und Lampe, die herumstanden wie Partygäste, die sich nicht kannten. Mehr konnte ich mir nicht leisten, selbst wenn ich pausenlos die Sterne las. Doch öffnete ich die beiden Fenster weit, schien gegen Nachmittag die Sonne für eine Stunde in den ersten Stock. Dann gurrten von der Bushaltestelle die Tauben, oder waren es Möwen? Der Verkehr brandete auf und ab, die Fischer riefen sich Flüche zu, mit geschlossenen Augen wähnte ich mich am Meer.

Vielleicht dachte ich an Essen, wobei ich abends selten hungrig war und wenig zu Hause hatte. Wahrscheinlicher ist, dass ich, schwer von diesem seltsamen Tag, einfach nur im Dunkeln sitzen wollte. Ich ließ mich auf den Boden sinken, zog die Schuhe aus und blieb, wo ich war. Von hier unten schien alles normal. Meine Wohnung war meine Wohnung. Mein Leben war mein Leben. Wenn ich nur lange genug hier saß, würde sich alles wieder beruhigen. Das flaue Gefühl in meinem Magen, das mich seit heute Morgen begleitete, zog sich langsam zurück, ebenso die Sehnsucht nach Pavel. Ich atmete lange und tief ein und aus. Und dachte an etwas, das er neulich zu mir gesagt hatte: *Jeder bekommt, was er verdient. Daran glauben wir so fest: wenn mir morgen ein Klavier auf den Kopf fällt, erklären sie dir, dass ich mich ihm von der falschen Seite genähert hätte.* Genug davon. Ich brauchte fünf Minuten eines durchschnittlichen Feierabends, wie ihn Millionen Menschen genau jetzt hatten. In diesem Land musst du so schnell rennen, wie du kannst, wenn du am gleichen Fleck bleiben willst, dachte ich und blieb sitzen.

Da hörte ich ein Geräusch aus dem Bad. Ich starrte in die dunkle Wohnung. In letzter Zeit hatte es Einbrüche gegeben. Junkies, die es von der Straße reinspülte. Leere Seelen aus dem Zwischenreich von Leben und Tod, die nichts mehr fühlten und ihre Opfer, wenn sie sich wehrten, einfach erschlugen. Vor ein paar Monaten hatten, so meine ich mich zu erinnern, eine Frau vier Häuser weiter zwei Männer, nur Haut und Knochen, in ihrer Wohnung überrascht. Sie mussten ein Fenster aufgehebelt und dann versucht haben, die Mikrowelle aus der Küchenfassung zu reißen. Bei dem Lärm, den sie veranstalteten, hatten sie überhört, wie die Frau nach Hause kam. Der eine packte sie und hielt ihr den Mund zu, der andere schlug ihr mit der losen Mikrowelle das Gesicht ein. Dann ließen sie die Beute fallen und rannten. Man fasste sie angeblich um die Ecke vor einem Kiosk, wo sie bettelten, noch Blut an den Händen. War das eine wahre Geschichte, oder hatte jemand sie erfunden, ich etwa? Der Unterschied schien mir immer schwieriger zu fassen.

Das hier aber war real, jemand war hier. Wie sicher man die Gegenwart eines Menschen durch eine Tür und eine Wand hindurch spüren konnte: Als wären wir Fledermäuse, die nach Echos navigierten. Ich hielt den Atem an. Hörte wieder etwas. Ein Rascheln, wie von einer Ratte. Oder einem Kind, das nicht stillhalten konnte. Ich erinnerte mich daran, wie ich mich früher oft in unserer eigenen Wohnung versteckt hatte, wenn meine Großmutter zu uns kam, um auf mich aufzupassen. Ich liebte den Wettbewerb mit mir selbst, völlig stillzuhalten, mich durch keine noch so kleine Bewegung zu verraten. Ich wollte es wissen: Konnte ein Mensch einfach verschwinden, wenn er sich nur ganz an seine Umgebung anpasste? Sobald ich die schweren Schritte meiner Großmutter auf der Treppe hörte, hastete ich zu dem Versteck, das ich vorher ausgekundschaftet hatte. Wenn sich der Schlüssel im Schloss drehte, war ich schon unsichtbar. Die Wohnung war klein genug, um das Schnaufen meiner Großmutter nach den Treppen zu hören, das Knistern ihrer Jacke, ihr Seufzen, wenn es spätabends war und sie nichts mehr wollte als schlafen und dabei wusste, dass sie mir noch etwas zu essen machen musste und wenigstens einmal so tun, als kontrolliere sie meine Hausaufgaben, von denen sie schon lange nichts mehr verstand. Die ersten Male hatte sie noch meinen Namen gerufen, wenn ich nicht zur Tür gerannt kam oder in der Wohnküche zu sehen war, auch nicht in meinem Bett lag. Nachdem sie mich ein paarmal gesucht und schließlich mit ratlosem Blick entdeckt hatte, gab sie vor, mein Spiel mitzuspielen. Leise begann sie, durch die Wohnung zu gehen, beiläufig Schränke zu öffnen oder hinter Möbel zu schauen, als suche sie eine zweite Socke. Dabei murmelte sie manchmal etwas wie *Hier muss sie doch sein, das alte Ding*, oder

Ich hab sie doch ganz sicher hierhin gelegt, hat sich das Biest glatt in Luft aufgelöst. Die Tage, an denen ich es kaum eine Minute aushielt und lachend aus meinem Versteck kugelte, weil sie angefangen hatte, ein Lied zu dichten, *In dieser Wohnung wohnt ein kleines Gespenst* oder *Ordnung ist das halbe Leben* zu summen, und mich damit herausforderte; der eine Tag, an dem sie mich im Backofen entdeckte, wo ich eben noch hineinpasste; als sie keine Miene verzog, wie zu einem hungrigen Ehemann *Ach Schatz, dieser Braten ist noch lange nicht saftig* sagte, die Tür schwungvoll wieder zufallen ließ und die Umluft auf 180 Grad stellte, und ich vor Glück über ihr Spiel und vor Schrecken, dass sie mich verbrennen lassen würde, laut aufschrie, dieser Tag war der letzte gute, an den ich mich erinnere. Danach konnte ich mich noch so gut verstecken, sie suchte nur noch fahrig, tat plötzlich etwas anderes, ließ sich auf die Küchenbank fallen und starrte ins Leere. Dann kam der Tag, an dem sie durch die Wohnung ging und nichts tat und ich es nach einer Viertelstunde nicht mehr aushielt; wie ich mit einem Mal vor ihr stand, erschrak sie fürchterlich.

Ich näherte mich der dunklen Tür meines Badezimmers. Nun war ich die Suchende. Das Adrenalin ließ mich alles ausblenden. Wer saß dort im Dunkeln? Es gab eigentlich nur eine Erklärung. Als ich vor der Tür stand, wurde ich still und unsichtbar, wie damals, wenn ich hinter unserem einen großen Sessel kauerte. Da klopfte es zweimal von innen an die Tür. Ich atmete aus, drückte auf den Lichtschalter für das Bad, öffnete die Tür und sagte: *Madame. Wie kann ich Ihnen den Abend versüßen?*

Die Alte kicherte wie ein Backfisch. Sie war hochgewachsen, fast einen Kopf größer als ich, den Rücken nur leicht gebeugt, und wären die grauen Haare, die Falten und Altersflecken nicht gewesen, man hätte sie für eine deutlich jüngere Frau halten können; ein Mädchen, das sich mit Perücke und Schminke als Greisin verkleidete. Wie eine Operndiva aus dem Fond einer Limousine stieg sie aus der leeren Badewanne, stolzierte durch meine Wohnung, setzte sich auf einen der Stühle und schaute mich neugierig an. Sie musste gewartet haben, auf meine Schritte im Hausflur, auf den Schlüssel im Schloss, auf mein Aufatmen, zu Hause zu sein. Sie hatte meinen Zweitschlüssel, seit wir zum allerersten Mal miteinander gesprochen hatten; weil sie mitten in der Nacht beinahe das Schloss meiner Wohnungstür zerstört hatte. Damals dachte sie, es wäre ihr Eingang, und rüttelte so lange herum, bis ich aufwachte. Ich öffnete die Tür vorsichtig, damit sie nicht erschrak.

Was machen Sie in meiner Wohnung?, hatte sie erbost gefragt.

Ich habe auf sie aufgepasst, sagte ich.

Und sie umarmte mich.

Von diesem Tag an waren wir so etwas wie Freundinnen. Wir sprachen über die anderen Irren in der Nachbarschaft, die Junkies und Schlafwandler, die Bettler und Diebe und über den Jungen aus dem ersten Stock, der an einer speziellen Form von Kleptomanie litt. Er band beinahe wöchentlich einen Hund vor dem Supermarkt los und nahm ihn mit nach Hause. Die Tiere wehrten sich nie. Sie vertrauten dem kleinen Menschen, der sanft zu ihnen sprach.

Finden Sie ihn mehr oder weniger verrückt als mich?, fragte die Madame.

Er tut den Tieren nichts an, antwortete ich, *aber auch Sie sind friedlich. Sie verwechseln manchmal Wohnungen, er Lebewesen. Dafür ist er noch jung. Sie haben ein Leben lang funktioniert. Ich würde sagen: Unentschieden.*

Danke, sagte sie und lächelte. *Und Sie selbst? Sind Sie verrückter oder weniger verrückt als alle anderen?*

Verrückt von wo aus gesehen, sagte ich und fragte mich, wie der Umstand, dass ich nur mit einer alten, einsamen Frau solche Gespräche führen konnte, sich auf das Urteil auswirkte. *Wo stehen denn die anderen? Und in welche Richtung rückt man? Der Junge verrückt die Tiere ein wenig, aber vielleicht geht es ihnen bei ihm auch besser. Sie haben sich gewissermaßen selbst losgebunden und streifen nun frei umher. Und ich? Manchmal entführe ich Menschen durchs Telefon und zeige ihnen einen anderen Ort. Meistens einen schöneren. Aber um andere verrücken zu können, muss man genau wissen, wo man selbst steht. Finden Sie nicht?*

Die Madame hatte mir zugehört, aber bei meinen

letzten Worten ging ihr Blick sanft ins Leere. Ich nahm ihre Hand. So saßen wir oft.

Wir sind eben, wer wir sind, sagte sie dann.

Heute, nachdem ich den Schreck verdaut hatte, setzte ich mich ihr gegenüber und atmete durch.

Sie hätten mir wenigstens eine Minute Zeit lassen können, sagte ich, *heute war ein harter Tag. Aber ich verstehe schon, Sie haben eben nicht mehr viele Minuten.*

Ist jemand gestorben?, fragte sie.

Nein, sagte ich, *niemand ist gestorben. Ganz im Gegenteil.*

Pavel?, fragte sie. Sie verstand doch mehr, als mir manchmal lieb war.

Ja, sagte ich, *er ist ein Problem.*

Er ist in Sie verliebt, flüsterte sie verschmitzt.

Wer könnte mir schon widerstehen.

Haben Sie ihm wieder einen Korb gegeben?

Dieses Mal für immer.

Was wird er jetzt machen?

Sich vom Dach stürzen.

Madame sah mich mit ihren riesigen Augen an. Ich konnte nie abschätzen, wo sie gerade war: bei sich, in einer ihrer unzähligen Fantasiewelten, die ich mir niemals würde vorstellen können. Oder in der manchmal noch seltsameren Realität. Seit zwei Jahren wandelte sie in einem Labyrinth aus Einbildungen und Erinnerungen, Ängsten und Abgründen umher. Meistens wusste sie nicht mehr, wie sie hieß, dass ihre Tochter ganz anders aussah als ich, dass Menschen manchmal nicht die Wahrheit sagten, dass man nicht barfuß in den Regen stürmte, um Passanten Geldscheine zuzustecken, zu Hilfe eilende Polizisten nicht als Faschisten beschimpfte und kochendes Wasser niemals, niemals anfasste, auch nicht, um seine Temperatur zu prüfen. Früher, so erzählte man sich, war sie Künstlerin gewesen, hatte gemalt. Fotorealistische Porträts, die zu atmen schienen, denen man nicht lange in die Augen zu schauen wagte, die man berühren und küssen wollte, so echt wirkten sie. Einige hingen in ihrer Wohnung. Sie hatte vergessen, wen sie zeigten.

Wo waren wir stehen geblieben, murmelte ich und sortierte gedanklich meinen Tag. Oft schmückte ich den Alltag im Zentrum aus, erzählte vom Chef und seiner Hand auf meiner Schulter, von Pavel und unseren ungleich schüchterneren Versuchen, die nur meinem Wunschdenken entsprangen. Von den Studentinnen, die kamen und gingen und weinten und wiederkamen, und davon, was ich auf den Fahrten erlebte, das meiste davon ausgedacht, denn ich erlebte für gewöhnlich nichts. Die Madame wünschte sich aber genau dies: Erlebnisse aus der Welt draußen, die für sie zu chaotisch geworden war.

Ah, richtig, also, fuhr ich fort, und ihre Augen öffneten sich noch ein Stück weiter. *Zurzeit stehen die Sterne besonders. Schwacher Mond, starke Venus. Sehr merkwürdige Dinge geschehen.*

Die Madame nickte zwar neugierig, doch ihr Blick

war verschwommen, wie der eines Kindes, das eben noch geträumt hatte.

Kennen Sie eine Frau Morgenstern?, fragte ich die Madame.

Ist sie die Venus?, fragte sie zurück.

Ich glaube nicht, sagte ich.

Interessant, sagte sie lächelnd, wie meistens, wenn sie nichts verstand.

Finden Sie?

Durchaus, ja.

Was genau ist daran interessant? Wenn ich müde war, half es mir, so viele höfliche Nichtse aus Wörtern von ihr zu hören, bis mir wieder etwas Neues einfiel.

Die Venus ist der Morgenstern, sagte sie.

Jetzt schaute ich sie überrascht an. Sie lächelte weiter vor sich hin, als hätte sie gar nichts gesagt. Aber sie hatte recht. Mehrere Monate im Jahr erschien die Venus hell leuchtend am Morgenhimmel. Sie überraschte mich immer wieder.

Hören Sie, Madame, setzte ich neu an, *ich möchte Ihnen eine Geschichte erzählen, die unglaublicher ist als alles zuvor. Sie ist mir heute Morgen erst passiert. Möchten Sie sie hören?*

Sie verzog ihren Mund zu einem leichten Schmollen, was sie noch jünger aussehen ließ, nickte aber.

Ich verspreche Ihnen, Sie werden sie mögen. Es geht um Geld, viel Geld. Und übersinnliche Kräfte. Und um Schicksal!

Schicksal, wiederholte sie lächelnd.

Heute Morgen also, sagte ich, *als ich zur Arbeit fuhr wie eine unbescholtene Bürgerin, bemerkte ich auf einmal eine Verfolgerin.*

Sie nickte wieder. Ihre Augen verengten sich. Manchmal wünschte ich mir, eine Minute in ihrem Kopf sein zu dürfen, herumzuwandern in diesem unendlichen, bunten, chaotischen Kinderzimmer, in das ihr Verstand sich verwandelt hatte. Dann tadelte ich mich selbst dafür.

Sie musste auf mich gewartet haben, denn als ich aus dem Bus stieg, stand sie schon an der Haltestelle und nahm meine Spur auf.

Ich dehnte die Verfolgungsjagd aus, hielt mich aber grob an die Ereignisse. Ich musste nichts ausschmücken. Die Madame hörte gebannt zu. Beim Erzählen wurde mir klar, wie unwahrscheinlich das alles klang; glaubhaft nur, wenn man von einem überlebensgroßen Zufall ausging. *Also bin entweder ich verrückt*, endete ich, *oder diese Frau. Oder wir beide.*

Und jetzt?, fragte die Madame.

Sie stellen die richtige Frage: Und jetzt? Was soll ich mit alldem anfangen, Madame?

Oh, là là!, sagte sie und zierte sich ein wenig. Wann hatte man sie zuletzt nach ihrer Meinung gefragt? Wann hatte man sie überhaupt etwas gefragt, außer ob sie heute schon genug Wasser getrunken hatte?

Vielleicht, sagte ich, *ist es nur eine Reihe seltsamer Zufälle.*

Es gibt keine Zufälle, sagte sie. *Die Götter weben*

Unheil, damit künftige Generationen etwas zu singen haben.

Aber wie hoch war die Wahrscheinlichkeit? Dass ich ohne Grund, als Folge eines mathematischen Sonderfalls, genau vorhergesagt hatte, was später passierte? Eins zu einer Million? War das wichtig? War nicht jede Verästelung unserer Realität letztlich eine Chance von eins zu einer Million? War eine Wirklichkeit, in der ich mit allem richtiggelegen hatte, nicht ebenso glaubhaft wie all die anderen, in denen ich danebenlag?

Sie glauben also, ich kann zaubern?, fragte ich.

Ich bin alt, aber nicht abergläubisch.

Sondern?

Etwas vergesslich, nicht mehr so gut mit Namen, das wissen Sie doch. Unbeteiligt fuhr sie fort: *Man muss nur fest genug glauben wollen, dann ist alles möglich.*

Diese Frau ist also reich geworden, weil sie fest genug an meine Horoskope geglaubt hat?

Wenn Ihre nächsten Vorhersagen ebenso eintreffen, sollten Sie jedenfalls darüber nachdenken, den Beruf zu wechseln. Niemand geht zu einer Wahrsagerin, die immer recht behält. So wie niemand ein Porträt kauft, das ihn wirklich zeigt. Viel zu hässlich. Aber wenn Sie daran glauben, flüsterte sie und zuckte mit den Schultern, schaute mich neckisch an wie ein kleines Mädchen, das eine Torheit formulierte. Sie lehnte sich zu mir herüber, und plötzlich veränderte sie sich. Kein Kindergesicht mehr. Wie im Zeitraffer bekam sie aus dem Nichts tiefe Falten. *Dann können Sie Ihre Superkraft auch einsetzen.* Innerhalb von Sekunden wurde sie ihre 90 Jahre alt, hatte einen Krieg überlebt, drei Kinder geboren, von denen nur eines noch lebte, einen Ehemann und eine Schwester neben ihnen begraben, eine Frau aus Versehen mit dem Auto getötet. Eine Million Mal gehadert, den Falschen geheiratet zu haben, eine Milliarde Mal gelacht. Ein paar Tausend Mal geweint und damit lange nicht so viel, wie sie hätte wollen. Ungezählte freundliche Worte und nur wenige böse gesprochen und dabei niemals, nicht ein Mal, jemandem absichtlich einen schlechten Rat erteilt.

Wofür?, fragte ich.

Die Madame lehnte sich mit einem erschöpften Seufzen zurück.

Für was Sie möchten, Dummerchen. Wer auch immer Ihnen diese Kraft gegeben hat, wollte Ihnen etwas Gutes tun.

Wissen Sie, sagte ich, *wir sind uns sehr ähnlich, Sie und ich. Wir meinen es nicht böse. Wir füllen nur die Lücken, die uns beschämen. Und Not, sagte meine Großmutter immer, lehrt den Teufel geigen.*

Dann ließen wir diese Worte schweigend wirken.

Als hätte jemand darauf gewartet, dass unser Gespräch endete, klopfte es plötzlich heftig gegen meine Wohnungstür. Die Madame schreckte auf. Die Hände ineinandergeklammert, sah sie mich an: *Müssen wir jetzt aufhören?*, fragte sie, erschrak über ihre eigene Stimme und flüsterte weiter: *Kommen die mich wieder holen? Ich habe einen Ausweis bei mir, dass alles in Ordnung ist,* log sie hektisch.

Ich stand langsam auf, um sie nicht zu beunruhigen.

Jetzt hämmerte es, noch lauter, schneller.

Clara Konrad?, rief eine dunkle Männerstimme.

Werde ich abgeholt?, fragte sie so leise wie möglich. *Ich wurde schon mal abgeholt, es war so furchtbar, lieber sterbe ich.*

Keine Angst, sicher nur ein Versehen, sagte ich und kniete mich vor sie, versuchte, ihren irrlichternden Blick zu fixieren. Sie suchte wie ein gehetztes Tier nach einer Fluchtmöglichkeit. Ich nahm ihre Hände, sie zitterten. *Ich will nicht ins Heim, bitte, da schnallen sie mich fest, es tut so weh, ich habe doch einen Ausweis, er ist in meiner Wohnung. Darf ich ihn holen, ich laufe nicht weg, bitte.*

Niemand holt Sie ab, flüsterte ich. Es war meine Schuld, dass sie hier war, dass sie Angst hatte, *das ist sicher nur der Vermieter, den kennen Sie doch. Kommt zu den unpassendsten Uhrzeiten vorbei und will irgendetwas, oder der Hausmeister,* sie schüttelte den Kopf, hörte nur halb zu, taub vor Angst, *oder einer von den Nachbarn aus dem zweiten Stock. Erinnern Sie sich noch, wie die mal nachts um zwei überall klopften auf der Suche nach Salz?*

Sie hatte begonnen, sich leicht zu wiegen und zu summen. Ich hielt ihre Hände weiter fest, aber ihr Körper blieb angespannt, jemand hämmerte noch einmal gegen die Tür und rief meinen Namen, *machen Sie die Tür auf*, die Madame hörte es, ihre Lippen bewegten sich lautlos, sie starrte mich an, flehend, ergeben, *bitte*, flüsterte sie tonlos, *bitte nicht*.

Ich machte einen Schritt zur Tür.

Ein Mann rief von außen: *Hallo? Hören Sie mich?*

Ich blieb stehen. Die Madame kroch hinter den Tisch, kauerte am Boden, umarmte ihre Knie, wimmerte wie ein Kind. Ich verfluchte mich, sie nicht besser beschützen zu können. Sollte ich mich auch einfach verstecken?

Ich habe heute ganz viel Wasser getrunken, rief die Madame.

Ich machte einen weiteren Schritt, zu meinem Glück einen langsamen: Als ich nur noch zwei Meter entfernt war, flog die Tür krachend auf. Madame stieß einen Schrei aus. Zwei Feuerwehrmänner in voller Montur schauten mich überrascht an. Sie sahen in ihren Anzügen aus wie Astronauten auf einem fremden Planeten, die plötzlich auf Artgenossen trafen.

Clara Konrad?, fragte einer.

Guten Abend, sagte ich und wusste, dass das nicht stimmte.

4

Das erste Mal erzählte mir meine Mutter ihre Geschichte, als ich ein Jahr alt war und festgeschnallt an ihrer Brust hing, damit sie die Hände frei hatte, um fremde Wohnungen zu putzen. Solange sie redete, war ich still. Mehrere Stunden am Tag atmete ich einen Cocktail aus Lösungsmitteln und Heimweh ein, während sie leise auf Deutsch mit mir sprach. Ich sollte die Sprache des *kaputten Landes*, wie sie es nannte, nicht lernen; eines sagenhaften Reiches voll roher Männer und müder Frauen, das sie vermisste und hasste.

Ich fragte mich oft, wie sie das aushielt. Jeden Tag vier, fünf, sechs Wohnungen, immer dieselbe eintönige Tätigkeit, immer dieselbe nachlässige Verschmutzung. Jeden Tag stand jemand auf und verteilte Dreck im eigenen Heim, kümmerte sich weniger um die Dinge, je härter meine Mutter arbeitete. Und jeden Tag kämpfte sie dagegen an. Sie war der Inbegriff des Sisyphos, doch ohne vorher die Götter betrogen zu haben. Was trieb sie an? Meine einzige Erklärung ist, dass sie es niemals für sich tat.

Sie würden sicher vermuten, dass ich eine gute Schülerin war. Aber ich war nicht auf einer dieser Schulen, an die Sie denken, mit lichtdurchfluteten Gängen und Projektwochen. Ich ging auf eine Stadtteilschule, in der niemand genau hinsah. Jeden Tag wurden wir von älteren Jungs mit kahl geschorenen Köpfen drangsaliert. Nur einer wehrte sich. Mischa, ein wahrer, elender Einzelgänger. Die größeren Jungs schnappten ihn sich, wann immer sie konnten, zogen ihn an seinen rötlichen Locken hinter eine Ecke, zwei hielten ihn, zwei zwangen seine Beine auseinander, dann führten sie ihre neuesten Kung-Fu-Sprünge an ihm vor, die sie aus Filmen kannten. Sie drehten sich wie Tänzer vor ihm, um mehr Schwung zu nehmen, boxten und traten in seinen Schritt. Einmal zwangen sie uns zuzuschauen. Sie drohten, sonst wären wir die Nächsten. *Zigeunerbrut*, sagten sie, müsse man ausrotten, und der einzige Weg sei, uns alle unfruchtbar zu machen. Wir schauten auf den Boden, auf unsere Hände, nur nicht einander an. Mischa flehte, dass sie aufhörten. *Der hält sonst immer die Fresse*, sagte einer der Jungs. *Muss an euch liegen, dass er heute lauter ist.*

Niemand von uns traute sich, den Lehrern oder Eltern davon zu erzählen, wenn sie uns etwas wegnahmen, eine neue Jacke oder den Schulranzen, um ihn in einen Mülleimer zu leeren oder in eine Toilette, wenn man sie *provoziert* hatte, wie sie sagten. Wir wussten nie, womit man sie provozierte. *Die haben was gegen unsere Gesichter*, sagte einer. Mit der Zeit ließen sie die meisten von uns in Ruhe. Nur zu Mischa wurden sie immer brutaler. Bis er es nicht mehr ertrug und anfing zurückzuschlagen. Dem größten der Jungs schmiss er, als der ihn auf dem Schulhof packen wollte, einen Feuerwerkskörper ins Gesicht. Das Ding explodierte tatsächlich genau vor dessen Nase, er verlor fast ein Auge. Alle erstarrten. So viel Blut hatten wir noch nie gesehen. *Das geschieht,* schrie Mischa, *euch nur recht!* Damals lernte ich, wie eine Welle entsteht: ganz ähnlich wie der Wind. Sie baut sich auf, eine Naturgewalt, die aus Milliarden Partikeln Wasser besteht, die alle die gleiche Ladung und Energie haben, zusammen eine gewaltige Kraft sind. Wenn man jung ist, möchte man sich auf eine beeindruckende, aber unaufgeregte Weise von anderen abheben. Sich eine unverwechselbare Identität schaffen und dabei vor allem keine Fehler machen, um nicht hinterrücks angreifbar zu werden. Man will Teil eines Meeres sein, ohne von einer Welle erfasst zu werden.

Einige Wochen geschah nichts, das Auge verheilte, man schlich umeinander herum. Für einen kurzen Augenblick wagten wir zu hoffen, dass diese Explosion eine unüberwindbare Mauer ins Wanken gebracht hatte und wir frei waren. Dann holten sie sich Mischa. Die Gerüchte sagten, dass er eine ganze Nacht lang an einer Brücke hing, nackt, mit einem Hakenkreuz auf den Rücken gemalt. Dass er irgendwann in den Fluss fiel, halb ohnmächtig. Dass er zu lange unter Wasser war und danach vollgesogen blieb, *für den Rest seines Lebens nur noch blubbern würde wie ein Fisch*, so sagte es einer der Jungs einmal, als er dachte, wir hörten sie nicht. *Selbst schuld*, flüsterte einer von uns, niemand widersprach, ich dachte: *Besser er als ich*. Und dieser Gedanke verknotete mir den Mund. Monatelang sprach ich keinen Ton und weigerte mich, in die Schule zu gehen.

Stattdessen las mir mein Bruder vor. Er hatte dieses dicke Buch mit Geschichten, eine handelte von einem toten Franzosen namens Viktor Lustig. *Der Mann*, sagte mein Bruder ehrfürchtig, *der den Eiffelturm verkaufte, obwohl er ihm nicht gehörte. Sogar zweimal.* Noch gerissener fand er aber einen gewissen Engländer, der sich Prinz Monolulu nannte und schwangeren Frauen auf einem Markt in England das Geschlecht ihres Babys vorhersagte. Seine Geschichte wiederholte mein Bruder immer und immer wieder: *Der angebliche Prinz, gehüllt in bunte Gewänder seines westafrikanischen Stammes, pflegte seine Weissagung – boy or girl – nicht nur laut vor der künftigen Mutter auszusprechen, sondern auch auf einen Zettel zu schreiben. Diesen steckte er in ein Kuvert, das er versiegelte, um dann die Dame auf dem Siegel unterschreiben zu lassen. In einem von zwei Fällen lag der vermeintliche Prophet richtig und strich das Geld verdientermaßen ein. Doch wenn einige Monate später das Kind anderen Geschlechts war als vorhergesagt, die Mutter sich der falschen Prophezeiung entsann und wütend das Kuvert öffnete, um den Scharlatan zu entlarven, fand sie das richtige*

Geschlecht auf dem Zettel. Prinz Monolulu musste niemals Geld zurückzahlen. Er schrieb das Gegenteil dessen auf, was er laut weissagte.

Unsere Großmutter wurde böse, wenn wir ihr solche Geschichten erzählten. In meiner Familie hatte man immer brav geglaubt. Jesus war am Kreuz für uns gestorben, hörte ich immer und immer wieder, bis die Wiederholung dieses Gedankens etwas in mir ausgehöhlt hatte. Jesus hat unsere Sünden auf sich geladen, und wir empfangen diese Erlösung bei der Taufe. Wir alle sind also schuldig bei Geburt und laden noch mehr Schuld auf uns im Leben, ob wir wollen oder nicht. Deshalb hat der großzügige Gott uns die Beichte geschenkt, um wieder zu ihm zurückkehren zu können. Eines Tages dachte ich: Was ist das für ein Gott, der den Menschen so fehlerhaft konstruiert? Der seinen Sohn opfert, um die von ihm selbst eingebauten Mangel des Menschen wiedergutzumachen? War Gott noch bei Sinnen?

Beschützen wollte er Mischa jedenfalls nicht. Nach einigen Wochen zu Hause ging ich wieder in die Schule. Sobald ich konnte, verließ ich sie. Danach arbeitete ich in einem kleinen Laden für Tiere, die wollten nichts von mir. Aber der ging bald pleite. Eigentlich ging alles pleite, was ich anfasste. Erfolgreich war ich erst, als ich Menschen über die Grenze half.

Die Beraterin war, ich konnte es in diesem Licht schwer einschätzen, etwas blasser geworden. Die Lilien auf ihrem Tisch schienen vorschnell gealtert.

Sie haben als Schlepperin gearbeitet?, fragte sie. *Kann man das so nennen?*

Ja. Ich fuhr das Auto über die Grenze. Es war die Zeit, als alle hierherwollten. Man konnte Geld damit verdienen, dass sie in der Lotterie des Lebens leer ausgegangen und auf der falschen Seite geboren worden waren. Ein paarmal im Monat fuhr ich mit einem geliehenen Wagen hin und her. Dem Besitzer des Autos sagte ich, ich wollte meine kranke Großmutter besuchen. Das stimmte auch. Ich fuhr jedes Mal an ihrem Grab vorbei und sprach mit ihr. Sie war nie wirklich angekommen, hatte die Fremdheit nie abgelegt. Ich sah sie auch in den Augen meiner Mutter, aber viel mehr noch in denen meiner Großmutter. Sie litt darunter, hier zu sein. Selbst ihr Grab sah fremd aus, mit dem fremden Namen, dem fremden Geburtsort. Wenn ich am dunklen Morgen dort stand und sagte, wohin ich unterwegs war, antwortete sie nicht. So wie früher, wenn im Fernsehen Bilder aus Auffanglagern kamen, von völlig überfüllten Zügen und Babys, die durchs Fenster gereicht wurden. Erst wurde sie ganz stumm, zischte unsere Fragen weg. Dann aber fing sie an zu erzählen, was man damals alles hatte, wie man zusammenhielt: eine große Familie, eine Sprache, ein Glaube. Sie beschrieb ein Land, das es nicht geben konnte, so wundervoll war es. *Früher war das Leben einfacher*, sagte sie dann, *man arbeitete und schlief. Und was machte man zum Spaß?*, fragten wir. *Alles konnte Spaß machen*, sagte sie. *Kartoffeln kochen und schälen konnte Spaß ma-*

chen. Die blinde Mutter pflegen konnte Spaß machen. Die Küche putzen und scheuern, Holz holen im Winter, die blinde Mutter suchen, wenn sie ausgerissen war, konnte Spaß machen. Nicht, weil es eine Freude war, mit nassen Stiefeln durch die Dunkelheit zu waten, beinahe zu sterben, am nächsten Morgen ganz schwach wieder in die Küche zu müssen. Sondern weil man sich nichts anderes vorstellen konnte. Weil man am Leben war, und das war viel, sagte meine Großmutter. Von allen Menschen, die mir jemals begegneten, sah ich ihre Sehnsucht am klarsten. Als hätte sie mir mit ihrer krakeligen Klaue ein Bild gemalt und alles darauf vermerkt: Sie wollte zurück zu den Birken, zum Geruch von Geräuchertem, zum Klang der alten Lieder. Sie wollte zum flachen Land, den endlosen Sommertagen, Insekten am Teich und zahnlosen Alten, den Flüchen und dem Dreck. Sie wollte nach Hause. Aber ihr Zuhause gab es nur noch in der Vergangenheit.

Wenn es so toll war, warum seid ihr dann weggegangen?, fragte mein Bruder.

Weil alles nur als ob war, sagte sie dann. *Das ganze Land war ein Als-ob-Land. Alle taten nur so, als ob sie in der Schlange standen, als ob sie in den Kindergarten gingen, als ob sie arbeiteten, als ob sie lachten. Aber jemand musste es ja am Laufen halten, daran glauben, sonst wäre alles zusammengebrochen. So teilten sich die Menschen auf in die Als-Menschen und die Ob-Menschen. Die Als-Menschen stellten sich in die Schlange, sie gingen in den Kindergarten, sie arbeiteten, und sie lachten, und sie weinten. Aber nur, weil die Ob-Menschen es ihnen vorlebten und sehr wütend wurden, wenn die Als-Menschen es ihnen nicht nachmachten.*

So stand ich oft an ihrem Grab und fragte sie, ob sie böse war, dass wir sie hier bestattet hatten. Und ob sie sich da, wo sie jetzt war, auch fremd fühlte. Aber ich spürte nichts. Nur dass ich über die Grenze fuhr, hin und zurück, hin und zurück, erlaubte sie mir schweigend, glaube ich.

Auf dem Rückweg hatte ich nur manchmal *Fracht im Kofferraum*, wie wir es nannten. Manchmal leere Getränkekisten. Manchmal nichts. Man sagte es mir nicht, damit ich mich, sollte ich erwischt werden, auf Unwissenheit berufen konnte. Ich wurde nie erwischt. Wie viele Menschen ich gerettet habe – ich weiß es nicht.

Was würden Sie schätzen?, fragte die Beraterin.

Ich habe das zwei Jahre lang gemacht. Es müssen also Hunderte gewesen sein. Ich war gut. Nur zweimal musste ich den Kofferraum öffnen. Obwohl sie damals zu Dutzenden an den Grenzübergängen standen, mit Hunden und Scannern. Für jeden, den wir rüberbrachten, warteten Tausende im Lager. Haben Sie ein solches Lager von innen gesehen? Ich war einmal dort. Danach setzte ich mich in ein Auto und stellte keine Frage mehr.

Würden Sie sagen, Sie waren glücklich?

Zufrieden. Ich hatte mich in diesem Leben in der Grauzone eingerichtet. Ich tat etwas, was ich gut konnte. Ist das nicht die Definition von Glück? Und dann traf ich Sascha.

Ich machte eine Pause. Auf diesen Namen sollte nichts folgen, nichts ihm nahekommen. Um seinen Klang sollte ein Weltall entstehen, er hatte keine Monde und keine Satelliten, nur mich hatte er einmal in seine Umlaufbahn gezogen.

Wer ist Sascha?

Sie nahm meine Kunstpausen und Vorlagen dankend an, fragte im richtigen Moment nach, um mir das Gefühl zu geben, nichts einfach so zu erzählen, sondern auf eine Bitte einzugehen, die ich nicht abschlagen konnte.

Sascha lag plötzlich im Auto, sagte ich, in einer dieser Nächte. Nicht im Kofferraum, sondern im Fußraum hinter mir. Er musste sich totgestellt haben wie ich als Kind. Erst kurz nach der Grenze bemerkte ich ihn, als er die Anspannung nicht mehr aushielt und wieder zu atmen begann. Wie ich so taub gewesen sein konnte, so unvorsichtig? Loszufahren mit einem blinden Passagier auf diese Mission, an eine Grenze, wo immer eine Taschenlampe durch das Auto hechelte. Ich befragt wurde, was ich allein hier machte, wo ich herkam und wo ich hinfuhr: *Fahrzeugpapiere, Ausweis, Führerschein, Fahrtziel, Fahrtzeit*, und wenn sie misstrauisch wurden, alles noch einmal, während ich nur die entscheidende, harmlos klingende Frage erwartete: *Was dagegen, wenn wir einmal in Ihren Kofferraum schauen*? Wie oft ich mich auf dieses Russisch-Roulette vorbereitet hatte, meine Antwort eingeübt hatte – *selbstverständlich nicht, machen Sie nur* –, den genervten Unterton, das leise Seufzen am Anfang oder Ende, um den Halter der Taschenlampe davon zu überzeugen, dass ich einfach nur nach Hause wollte, müde und hungrig und vielleicht einsam, sodass er für einen kurzen Moment darüber nachdachte, wie es wäre, mit mir mitzukommen. Einige Male, wenn es brenzlig wurde, sein Blick immer wieder durchs Auto fuhr, biss ich mir sogar auf die Lippe, um den Polizisten abzulenken, und nur zweimal ging einer nach hinten an den Kofferraum, beide Male fiel die Kugel im Roulette auf meine Zahl, denn es war niemand versteckt. Aber in der Nacht, als Sascha aufatmete und ich uns beinahe umbrachte, weil ich mit voller Kraft auf die Bremse stieg, den Wagen schlingernd zum Stehen bekam, dass er sich den Kopf stieß, während mir der Gurt quer in die Brüste schnitt, denn Autos sind von Männern für Männer gemacht wie so vieles – in dieser Nacht war Fracht im Kofferraum, gleich zwei, und wenn ihnen bei der Vollbremsung etwas passiert wäre, wäre es Saschas Schuld gewesen und die seines Atems, den er nicht mehr anhalten konnte. Und auch wenn er sofort die Hände hob und sich aufrichtete und mich mit seinen riesigen erschrockenen teerschwarzen Augen anflehte, nicht zu schreien, waren meine ersten und letzten Worte an ihn beinahe dieselben: *Was machst du hier*? Später, wenn er schlief und ich ihn bewachte, stellte ich ihm diese Frage noch häufig, aber leise und zärtlich: *Was machst du hier?*

Am nächsten Tag erzählte er mir seine Geschichte. Er war aus einem Land geflohen, in dem seine Weigerung, eine Waffe in die Hand zu nehmen, einer Gotteslästerung gleichkam. Entweder war man ein Mann und herrschte, oder man war eine Frau und gehorchte. Wir blieben drei Wochen zusammen. Bis Sascha an einem Morgen verschwunden war. Ich hatte ihm nicht helfen können mit den Papieren. Er musste weiter, in einen neuen Kofferraum. Ich weinte sehr lange. Niemals mehr ist mir jemand wie er begegnet. Dass Liebe ein Rätsel wäre, kompliziert, magisch, ist eine Lüge. Sie ist das Gegenteil. Mich in Sascha zu verlieben war das Einfachste, was ich jemals getan habe.

Die Beraterin fragte, ob es mir gut gehe. Ich lächelte, als hinge ich diesen Erinnerungen nach, als hätten sie immer noch Macht über mich, als hätte ich sie heute, nach allem, was noch passiert war, nicht parat im Schrank, sorgsam verpackt und jederzeit parat wie ein schwarzes Kleid. Immerhin das ist mir geblieben. Die Gefühle sind weg, aber die Geschichten sind lebendig wie nie.

Weshalb sind Sie hier?

Ich musterte sie lange. Sie schien eine erstaunliche Energie zu haben, eine hartnäckige Ruhe, die ihr erlaubte, mir lange zuzuhören, alles zu erfassen und doch nicht zu erschöpfen, nie nachzulassen, nie zu gähnen oder auch nur den Blick schweifen zu lassen oder ihre aufrechte Haltung für eine Sekunde aufzugeben. Gewiss, sie schlug von Zeit zu Zeit die Beine übereinander, veränderte ihre Sitzposition minimal. Ansonsten blieb sie völlig gleich. Hatte sie sich anfangs noch Notizen gemacht, ließ sie nun den Stift beiseite.

Um mit Ihnen zu sprechen.

Sie schien nicht zufrieden mit dieser Antwort.

Ich meine: Wozu? Wozu genau sind Sie hier? Was erhoffen Sie sich von unseren Gesprächen?

Dass Sie meine ganze Geschichte erfahren.

Dann erzählen Sie mir alles.

Ich habe noch nie jemandem von meiner Mutter erzählt. Geschweige von meiner Großmutter.

Wie ist Ihr Verhältnis zu Ihrem Vater?

Ich lachte auf.

Mein Vater war ein Lügner. Als ich klein war, erzählte er mir, das Klingeln des Eismannes, das jeden Sommernachmittag durch unsere Straße tönte, bedeutete: Das Eis ist ausverkauft. Später brachte er mir links und rechts verkehrt herum bei, was mir bis heute Schwierigkeiten bereitet, und behauptete, mein Bruder sei ein Geist, den nur wir beide sehen konnten. Ein Gedanke, den ich lange mit mir herumschleppte, bis er aus mir herausbrach und meine Lehrerin mich zum Psychologen schicken wollte. Aber weil ich erst acht Jahre alt war, taten sie es als überentwickelte Fantasie ab und rieten meiner Mutter, mich mehr mit Gleichaltrigen spielen zu lassen. Aber ich …

Das glaube ich Ihnen nicht.

Es war das erste Mal, dass sie mich unterbrach. Sich nach vorne lehnte und mich fixierte.

Das passt zu gut. Das haben Sie erfunden.

Ich lächelte.

Sie haben recht, sagte ich. *Es war ein Test. Sie kennen mich inzwischen. Aber eine hübsche Erklärung wäre es, oder? Wie der Vater, so die Tochter. Sie wollen keine Erklärungen. Sie wollen nichts als die Wahrheit.*

Wer war Ihr Vater wirklich?

Als ich antworten wollte, fiel sie mir wieder ins Wort.

Sagen Sie nichts. Ich weiß schon: Sie haben ihn nie gekannt. Deshalb füllen Sie die Lücke mit etwas, das zu gut passt.

Richtig. Ich habe ihn nie gekannt.

Und Ihr Bruder? Haben Sie mit ihm jemals über Ihren Vater gesprochen?

Nein. Mein Bruder tauchte nur noch bei uns zu Hause auf, wenn er Geld brauchte oder ein Bett. *Wie siehst du denn aus,* fragte er mich, bevor ich ihn fragen konnte. Seine Hosen waren zerrissen, seine Haare verfilzt, aber mich ärgerte er, weil ich seine alten Schuhe und Hemden tragen musste. *In der Schule müssen sie dich lieben,* sagte er. *Ganz genau, ich bin sehr beliebt,* gab ich zurück. *Wie beliebt du erst sein wirst,* sagte er, *wenn sie erfahren, wer dein großer Bruder ist.*

Sie sah mich wieder mit diesem Blick an. Ausdruckslos, aber warm.

Haben Sie Lust auf einen Spaziergang, Clara?

Habe ich eine Wahl? Gehört das zum Programm?

Kommen Sie. Es wird Ihnen guttun.

Sie stand auf. Ich war überrascht, freute mich aber auch. Sie ging vermutlich nicht mit allen spazieren. Bedeutete ein Abweichen vom üblichen Schema, dass ich ihr besonders wichtig war? Oder dass sie mich nicht länger ertrug? Ihre Miene ließ keinen Schluss zu.

Ich folgte ihr aus dem Zimmer. Vom Institut wand sich ein kleiner Pfad zum Waldrand, an den ersten Bäumen entlang das Tal weiter hinauf. Man sah links beim Aufstieg die Gebäude, die mit dem Weg wuchsen, als wollten sie einen daran hindern zu vergessen, wo man war. Rechts blickte man einige Baumreihen tief in den dichten Wald, der zu dieser Stunde schon zu dunkel war, als dass man sehen konnte, was sich in ihm verbarg. Langsam gingen wir nebeneinander die Steigung hinauf. Vor uns erhob sich der Berg mit weißer Spitze über schroffen Felswänden, die im letzten Licht des Tages feucht glänzten. Es war ein Paradies. Nur waren seine Bewohner mit anderem beschäftigt.

Sie deutete nach unten. *Was sehen Sie?*

Ist das nun Ihr Test?

Wenn, bestehen Sie ihn sicher spielend. Also?

Ich sehe ein Tal, einige Gebäude. Einen Angestellten, der gerade frisches Obst bringt, scheinbar zufrieden mit seiner Aufgabe. Er wirkt beschwingt.

Was sehen Sie noch? Was fühlen Sie?

Ich fühle mich willkommen.

Das freut mich. Manchen Gästen geht es anders.

Manche sind nicht ganz freiwillig hier.

Sagen wir: Sie sind hier oben besser aufgehoben als überall sonst.

Gehen Sie mit denen auch spazieren?

Selten. Viele fürchten sich vor dem Wald.

Vielleicht sind sie nur froh, dass unsere Spezies ihn verlassen hat. Andere, inklusive mir, halten das für den schlimmsten Fehler der Menschheit.

Wären wir nicht hinausgezogen, hätten wir keine Medizin, keine Bücher, keine Kunst.

Aber wir wären noch zu Hause.

Und würden uns gegenseitig umbringen vor Hunger.

Machen wir heute auch. Nur jetzt aus Gier.

Sie würden lieber in einer Hütte im Wald leben?

Der Mensch kann 30 Schattierungen von Grün erkennen, viel mehr als von jeder anderen Farbe. Ich glaube, wir sind dafür gemacht worden, in die Natur zu schauen, zu laufen, zu überleben durch unsere Sinne und den Zusammenhalt von großen Familien, nicht durch Geräte und Nationen. Sich niederzulassen und an Schreibtischen zu arbeiten und Cola zu trinken – das normal zu nennen ist unsere Urlüge.

Oder der Beginn der Zivilisation, so könnte man es auch nennen. Das Ende der Barbarei.

Der eine liebt die Gurke, der andere die Tochter des Gärtners. Würde meine Großmutter sagen.

Weise Frau.

Und was sagen Ihre anderen Klienten so, wenn sie hier oben stehen?

Manche sehen nur das Tal, die Flucht und die Freiheit, die Weite der Welt dahinter. Manche starren auf den Berg, seine unüberwindbare Barriere, das Ende. Und manche sehen gar nichts. Sie hingegen, Clara, schauen zurück und berichten. Aber wenn Sie zurückschauen, sehen Sie viele verschiedene Dinge. Und unsere Aufgabe ist, herauszufinden, was wirklich wichtig ist an Ihrer Erzählung.

Sie wollen damit sagen, dass ich lüge.

Dieses Wort verwenden wir hier nicht.

Dass ich Ihnen nicht die Wahrheit sage.

Noch ein wenig hilfreicher Begriff.

Es wäre seltsam, wenn Sie nicht zweifeln würden. Sie kennen mich nicht. Für Sie bin ich nur ein Fall. Ein etwas speziellerer vielleicht. Weil ich zugebe, was ich getan habe, verkörpere ich das uralte logische Problem: Kann man einer Lügnerin glauben, die behauptet, nicht mehr zu lügen?

Ein Dilemma.

Was ist Ihre Lösung?

Es gibt keine. Sonst wäre es kein Dilemma.

Wieso sind wir dann hier oben? Reden über den Berg und das Tal?

Weil ich möchte, dass Sie verstehen, wie Erinnerung funktioniert. Dass sie keine Festplatte ist, auf der wir Videos speichern. Sondern eher ein Blick von einem Berghang. Je nach Wetter und Stimmung se-

hen wir verschiedene Dinge. Können unterschiedlich weit schauen. Erkennen je nach Charakter eher das Tal oder den Berg.

Wir schwiegen für einige Meter. Sie ging leichtfüßig neben mir, atmete kaum hörbar. Die Steigung schien ihr nichts auszumachen, obwohl es warm war, viel zu warm für diese Jahreszeit. Der Winter ließ auf sich warten, alles verharrte in grauer Ungeduld.

Clara. Lassen Sie mich ganz offen sein. Wir haben nachgeforscht. Alles, was Sie mir erzählt haben, überprüfen lassen.

Sie schaute mich an. Wurde kaum merklich langsamer.

In dieser kurzen Zeit? Ich bin erst zwei Wochen hier.

Nicht ich persönlich.

Sie haben Leute dafür?

Wir haben Möglichkeiten.

Und was haben die herausgefunden?

Dieses Zentrum gibt es nicht.

Ich lachte auf. *Natürlich nicht. Es ist nichts mehr davon übrig. Er hat es zerstört. Dazu kommen wir noch.*

Es findet sich keine einzige Spur, dass es jemals existiert hat.

Und damit bin ich unglaubwürdig? Denken Sie nicht, ein Mann, der solche Geschäfte aufzieht, wäre in der Lage, alle Spuren zu verwischen? Was wollen Sie von mir?

Die Teile Ihrer Erinnerung, die ich nachvollziehen kann.

Wozu?

Wenn Ihnen niemand all diese Geschichten glaubt, sind sie wertlos.

Falsch. Ich bin in Ihrem Kopf, ob Sie wollen oder nicht. Ich bestimme, was Sie denken, was Sie sehen, sogar was Sie fühlen. Wenn ich möchte, erzähle ich von drei mächtigen Drachen, die über den Bergen auftauchen und mit ihren riesigen Flügeln die Sonne verdunkeln. Denken Sie bloß nicht an diese Drachen! Jetzt spucken sie Feuer. Denken Sie bloß nicht an das Feuer, was alles verzehrt, uns alle erlöst! Woran haben Sie gedacht? Genau. Sie müssen mir überhaupt nicht glauben. Sie müssen mir nur zuhören. So funktioniert es nun mal.

Was ich sagen will: Ich glaube, was Sie glauben. Und Sie glauben selbst, was Sie sagen. Sie machen keinen Unterschied.

Sie irren sich. Früher war das anders, da habe ich schlimme Dinge getan. Habe mich krank gelogen, ich sprach nun schneller: *Nicht wie Hypochonder.* Die glauben tatsächlich, dass sie krank sind. Das stimmt auch, nur verwechseln sie die Krankheit. Sie erkennen nicht, dass sie nicht krank vor Blutarmut oder Metastasen sind, sondern vor Bedürftigkeit. Ich hingegen war eine eingebildete Kranke bei vollem Bewusstsein. Ich hatte schon Lungenentzündung, Blasenentzündung, Sehnenentzündungen, Aids, Leukämie und grauen Star, Asperger, Unfruchtbarkeit,

Haarausfall und Diphtherie. Ich lag mit seltenen Parasiten und chronischer Migräne im Bett, erblindete, humpelte von Bänderrissen und Leistenbrüchen, bekam letzte Diagnosen. Und wurde getröstet, immer wieder. Wissen Sie, was Menschen tun, wenn man ihnen erzählt, dass man Blutkrebs hat und bald sterben muss? Man könnte denken, sie fragten nach, wollten Details. Aber nein. Das Schicksal schreckt sie ab. Sie haben Angst, sich anzustecken. Sie tun alles, um nicht mitzusterben. Sie ...

Warum haben Sie das getan?, unterbrach sie mich. Ihre Augen waren zwei Grad kälter. Ich spürte, wie wichtig mir ihr Blick inzwischen geworden war. Ich wollte nicht, dass sie mich hasste. Ich musste mich erklären, damit sie verstand, dass ich nicht anders gekonnt hatte.

Es ist ganz einfach: Willst du, dass Menschen dir alles geben, erzähl ihnen vom Nichts. Die meisten Menschen haben solche Angst vor dem Tod, dass sie noch die abstruseste Geschichte glauben. Manche nehmen Reißaus, sicher, weil sie zu viel Angst haben. Aber ein paar bleiben. Und opfern sich auf. Weil sie sich dann spüren, sich besser fühlen als jemals sonst. Also geben sie dir alle Aufmerksamkeit und alles Geld, sogar ihr neues Auto, damit du noch einmal nach Paris fahren kannst, und lassen sich Wochen vertrösten, wenn man mit dem Auto nicht mehr auftaucht. Bis sie sich trauen und die Geschichte hinterfragen und dich anzeigen, hat man das Auto längst verkauft und ist über alle Berge. Aber das wird auf Dauer aufwendig und gefährlich, vor allem aber zu anstrengend. Wissen Sie, was Menschen tun, wenn sie zu schnell herausfinden, dass man gar keinen Krebs hat? Sie bekommen Mitleid. Dieses Mal echtes. Und echtes Mitleid ist schwer zu ertragen.

Haben Sie manchmal Angst, dass all das Sie eines Tages einholt?

Ich musste lächeln. Wenn sie wüsste.

Sind Sie eigentlich wirklich neugierig?, fragte ich zurück. *Oder einfach nur fleißig?*

Beides. Es ist mein Beruf.

Wie sind Sie hierhergekommen? Wo waren sie vorher?

Wenn ich Ihnen davon erzähle, erzählen Sie mir dann mehr von Frau Morgenstern?

Einverstanden.

Sie blieb stehen. Blickte über die Landschaft. Atmete einmal tief durch. Es gefiel ihr hier.

Ich habe in einer Justizvollzugsanstalt gearbeitet. Mit jungen Männern vor allem. Sie haben mir erzählt, wie es ihnen geht, warum sie dort sind, was sie sich erhoffen. Dann habe ich ihnen geholfen, dem Gericht Vorschläge zu machen.

Waren die ehrlich zu Ihnen?

Nein. Die Männer haben maßlos übertrieben. Wer einen Kiosk überfallen hatte, sprach von einer Serie von Bankrauben, die man ihm nur nicht hatte nachweisen können. Wer ein bisschen gedealt hatte, sprach von internationalen Syndikaten, dessen Kopf er gewesen war. Aus Schlagstöcken wurden Maschinenpis-

tolen, aus tausend Euro eine Million und immer so weiter. Sie haben sich gefährlicher gemacht vor mir. Mutiger, risikofreudiger.

Schuldiger.

Auch das.

Glauben Sie, ich mache mich auch gefährlicher?

Dazu muss ich mehr hören.

Ich streckte meine Hand aus.

Einverstanden.

Sie zögerte. Wir hatten uns noch nie berührt. Ich sehnte mich danach. Ich wollte es als Zeichen nehmen, dass ich ihr nicht egal war, vielmehr noch: dass ich etwas Besonderes für sie war, viel wichtiger als alle anderen hier.

Ich gebe Ihnen mein Ehrenwort, dass Sie mehr hören werden.

Das Ehrenwort einer Lügnerin?

Jetzt lächelte sie, gab nach und umschloss meine Hand mit ihrer. Sie hatte wunderbar weiche Haut. Die Haut, die man erwartet, nachdem man ihre blonden langen Haare, das feine Gesicht, die spitze Nase gesehen, ihre leisen Schritte gehört hatte, mit denen sie das erste Mal auf mich zukam auf der Veranda, und ich sofort wusste: Sie war die Richtige. Genau so hatte ich sie mir vorgestellt.

Wir ließen einander los und setzten unseren Spaziergang fort. Der Wald neben uns war so dicht, so voller Leben, dass er auf den Weg übergriff. Sie streckte den Arm aus und streifte mit ihrem Arm durch die Äste, die sich zu ihr bogen. Dann hielt sie mir ihre Hand hin, darin fünf dunkle Früchte. Ich nahm eine, sie sahen aus wie kleine Johannisbeeren. Ich führte die Beere zum Mund, öffnete die Lippen.

Stopp, sagte sie. *Die sind giftig. Atropa belladonna. Schwarze Tollkirsche. Fast so gefährlich wie Sie.*

Wieder dieses Lächeln. War da Spott? Sie wollte mich herausfordern.

Ich könnte Ihnen ganz einfach zeigen, wie gefährlich ich bin. Und dann entscheiden Sie selbst, was Sie glauben.

Wie würden Sie das anstellen?

Schauen Sie sich die Natur an. Es war lange zu trocken und zu warm. Jetzt lässt der Winter auf sich warten. Ich kann ihn rufen. Es könnte erst regnen, dann schneien, wie es seit Jahrzehnten nicht mehr geschneit hat. Alles wird weiß, kalt und klar, eine endlose blanke Fläche, eine leere Leinwand. Wie würde Ihnen das gefallen?

Wenn die Straßen zugeschneit sind, muss das gesamte Personal hier oben bleiben. Es gibt Pläne dafür, genug Schlafzimmer, um die nötigste Besetzung unterzubringen, Vorräte für eine Woche. Aber diesen Fall hatten wir seit Jahren nicht mehr.

Wäre das nicht wunderbar gemütlich?

Wir hatten den letzten Punkt des Weges erreicht. Der Weidezaun hatte einen Durchgang, wie ein Drehkreuz. Dahinter freies Feld. Kurz blieben wir stehen. Wir mussten umdrehen.

Wollen Sie eine Göttin sein?

Die gab es nur in der Antike.

Dann wenigstens eine Heldin?

Sie hatte mich nicht ernst genommen.

Es gibt ebenso wenig Heldinnen. Nur Helden. Alles Männer. Die gesamte griechische Mythologie: Männer, die töten und vergewaltigen. Bis heute hat sich daran wenig verändert.

Eine Ausnahme gibt es. Eine griechische Heldin namens Psyche. Sie stieg in die Unterwelt hinab. Um ihren Geliebten zu retten. Wissen Sie, wie sein Name war?

Wir setzten uns langsam wieder in Bewegung, nun den Weg hinunter.

Nein.

Amor.

Der Geist rettet die Liebe. Wie metaphorisch.

Wollen Sie Psyche sein? Sich und Ihren Geliebten retten?

Was würde das bedeuten?

Die Heldin muss alles riskieren und überwinden, nicht zuletzt sich selbst, ihr altes Ich. Nur dann kann sie sich verwandeln und beide Welten, die alte und die neue, beherrschen. So will es die Mythologie. Fast alle Geschichten, die wir uns heute erzählen, sind so gestrickt.

Gibt es nicht einen anderen Weg? Einen weniger männlichen?

Das müssen wir wohl gemeinsam herausfinden.

Wahrheit gibt es nur zu zweit, sagte meine Großmutter.

Erzählen Sie mir mehr von ihr.

Ich erzähle Ihnen lieber, wie ich sagenhaft reich wurde.

Jetzt lachte sie. Zum ersten Mal lachte sie laut auf. Es fühlte sich an wie ein kleiner Sieg.

5

Am nächsten Morgen, nachdem die Feuerwehr abgezogen war und Madame in ihrem Bett lag, ich aufgeräumt und kaum zwei Stunden geschlafen hatte, begann ich darüber nachzudenken, was zu tun war. Zurück in meiner Wohnung griff ich in die Tasche der Hose, die ich gestern getragen hatte. Ein Stück festes Papier schmiegte sich in meine Hand. Ich zögerte. Wenn ich die Karte hervorzog, dachte ich, gab es kein Zurück mehr. Dies war der entscheidende Moment meiner Geschichte. Schließlich siegte meine Vernunft. Es war nur eine Visitenkarte, meine Güte, und wenn ich nicht wollte, würde ich sie niemals benutzen. Ich hielt sie auf Armeslänge und las: *Siri von Morgenstern.*

Ein Schauer durchfuhr mich, die Wohnung wurde plötzlich eng. Was machte das *von* da? Hatte sie die Karten drucken lassen, bevor wir uns trafen? War sie eine Hochstaplerin und hatte mich eingewickelt? Oder war sie der Schlüssel, mein weißes Kaninchen, meine Patientin null? Und wenn ja, für welches Virus? Ich konnte noch eine Weile so tun, als hätte ich eine

Wahl, aber mir war sofort klar: Ich musste diese Frau finden. Aus ihr herausbekommen, was eben möglich war, und dabei gleichzeitig erforschen, wie weit ich ihr trauen konnte. Ob sie gute Absichten hatte und überhaupt zurechnungsfähig war. Ich warf meinen Mantel über und verließ die Wohnung. Die Tür zog ich so fest zu wie möglich. Ich würde mich hier nicht mehr sicher fühlen können, bis ich wusste, wie es so weit hatte kommen können.

Auf der Karte stand eine Adresse im Zentrum, beste Lage. Dort wartete ich, eine halbe Stunde nur. Als Morgenstern aus dem Haus kam, beschleunigte sie ihre Schritte. Ich nahm sofort die Verfolgung auf, an diesem regnerischen Tag im Januar, die Sterne im Zeichen des Wassermanns. Wir eilten durch die Innenstadt. Dass hier wirklich jemand wohnte, konnte ich kaum glauben und kam mir dabei gleichzeitig dumm vor. Natürlich lebten über den teuren Geschäften Menschen. Nur eben andere als ich.

Wir waren immer arm gewesen. Als Kind hatte ich wochenlang das gleiche Hemd an, das meinem Bruder nicht mehr gepasst hatte. Irgendwann hatte meine Mutter ihren Stolz hinuntergeschluckt und die abgelegten Kleider ihrer Kundinnen und deren Kinder angenommen. Die meisten waren wie neu, von guter Qualität, nur nicht mehr modisch genug. Weil meine Mutter putzte, bis sich die Haut von ihren Händen schälte, Almosen annahm und kaum etwas ausgab, überlebten wir. *Lieber arm im Paradies als reich in der Hölle*, sagte meine Großmutter dazu.

Als ich älter war und laufen und schauen und denken konnte, gab meine Mutter das Putzen auf, weil sie Arbeit in einer Bäckerei fand, in demselben besseren Stadtteil, in dem sie geputzt hatte. Manche ihrer Kundinnen kamen hierher, für einen Kaffee und ein Stück Kuchen, und wenn sie meine Mutter sahen, freuten sie sich, legten ihr eine Hand auf den Arm, berichteten von ihrer Nachfolgerin; dass sie zufrieden seien, aber keine ihr das Wasser reichen könne, weshalb sie jederzeit wieder willkommen sei. Es war ein freundliches Angebot, immerhin besser, als sie zu ignorieren, wie es andere taten, weil meine Mutter schon ihre Toiletten geputzt hatte. Ich wartete oft in dieser Bäckerei und machte Hausaufgaben, aber lieber beobachtete ich diese Frauen. Wie sie redeten, was sie trugen, wie sie die Haare zurückwarfen und sie sich mit einer Hand, die Finger locker gespreizt, aus der Stirn nach hinten strichen; wo sie nicht lange blieben, nur kurz die Spannung hielten, zu den Seiten fielen, sich dann langsam, Strähne für Strähne, wieder nach vorne mogelten, in gerunzelte Stirnen fielen und den Frauen einen Anlass boten, die Handbewegung zu wiederholen, hundertmal am Tag, anstatt die Haare einfach mit einem Gummi zusammenzubinden oder abzuschneiden. Nur wer alles hatte im Leben, konnte sich so unendlich lange mit seinen Haaren beschäftigen. Also lernte ich genau das, heimlich, vor dem Spiegel. Drückte die Brust raus und schüttelte meinen Kopf. Fuhr Hunderte Male durch die Strähnen. Eines Tages war es mir so natürlich geworden, dass ich die Bewegung vor meiner Mutter machte, die mich anschaute, als hätte ich einen Frosch auf meiner Stirn zerquetscht.

Ich folgte Frau von Morgenstern bis zu dem großen Kaufhaus, dem edelsten der Stadt. Schon die Fassade schien aus purem Gold, strahlte heller und größer als alle anderen. Aus den Schaufenster riefen die Waren mir Neckereien zu, als wollten sie mich zum Stehenbleiben bringen. Innen wartete ein fremdes Land, als wäre ich blind in einen Urlaubsflieger gestiegen und am Strand gelandet. Wenn ich früher solche Orte aus der Ferne beobachtete, sagte meine Mutter *Drück dir nicht die Nase platt* und zog mich weiter. Ich dachte, es wäre uns verboten, in diese hohen Häuser zu gehen, als bräuchte man einen Ausweis oder ein Erkennungszeichen, das wir nicht kannten. Einmal, als sie meine sehnsüchtigen Blicke sah, zischte sie: *Dieses Land ist ein Monster. Wenn es nicht kauft und konsumiert, verschlingt es die Welt.* Ich verstand nur, dass sie diese Häuser fürchtete, und gleichzeitig wollte ich nichts sehnlicher, als in ihnen verloren zu gehen.

Morgenstern ging durch den Haupteingang, flog an den ersten Verkäuferinnen der Kosmetikstände vorbei und steuerte direkt auf die Rolltreppe zu. Ich wartete, bis sie fast oben war, dann ging ich hinterher und sah gerade noch, wie sie die nächste Rolltreppe nahm. Wenn sie nach unten sah, war ich geliefert, aber sie schaute nur hoch, fuhr bis in den vierten

Stock, die Damenabteilung mit den teuren Stoffen. Für eine Sekunde verlor ich sie aus den Augen. Ich versuchte, mich zu orientieren. Anders als in den Geschäften, in denen ich einkaufte, hingen die Kleider hier nicht in schierer Masse, sondern zu bestimmten Anlässen gruppiert: Dinner, Tanzen, Businesslunch, erstes Date. Jetzt schlich ich mich vorsichtig hinter eine Reihe von Pelzmänteln, jeder einzelne so viel wert wie mein gesamter Besitz, und achtete darauf, nichts zu berühren. Überall stand etwas von *exklusiven Angeboten nur für Sie*, und ich dachte, dass man überall belogen wurde; egal, wie reich man war.

Plötzlich fasste mich jemand von hinten am Arm.

Clara!

Sie breitete die Arme aus und lachte. Schon fürchtete ich, sie würde mir um den Hals fallen. Sie sah jünger aus als gestern.

Verfolgen Sie mich schon wieder?, fragte ich.

Dass wir uns hier treffen, kann jedenfalls kein Zufall sein. Musst du nicht arbeiten?

Nein, sagte ich und sortierte in meinem Kopf die Wahrheiten, *der Chef hat das Zentrum vorübergehend geschlossen, um die Eröffnung seiner Agentur für Ausreden vorzubereiten.*

Was denn für Ausreden?

Direkt über uns, das halbe Stockwerk. Die Büros sind schon angemietet. Er sagt, es kämen jeden Tag zig Anfragen: ein Alibi für einen Fremdgeher, eine Entschuldigung für jahrelange Abwesenheit, eine Erklärung für etwas, das nicht zu erklären ist. Er meint, er könne mich dort gut gebrauchen. Mit fünf Leuten anfangen, dann expandieren. Eine ganz andere Arbeit als bislang.

Während ich sprach, beobachtete ich sie. Ich war nicht nur auf Informationen aus. Ich wollte wissen – vorausgesetzt, sie war nicht verrückt – wie weit ich gehen konnte. Trieb ich den Preis zu hoch, könnte sie abspringen. Gab ich ihrem Werben zu schnell nach, wurde sie misstrauisch. Ich wollte nicht als die leichte Beute erscheinen, die ich gestern noch gewesen war.

Er sagt immer, fuhr ich fort, *der Mensch sei überhaupt erst zum Menschen geworden, weil er Ausreden erfunden habe. Von Adam und Eva angefangen. Wird ein lukrativeres Geschäft als die Sterne, offenbar.*

Sie fuhr gedankenverloren mit ihrer Hand über einen Stapel feiner Pullover.

Was meinst du, welchen soll ich nehmen?, fragte sie mich, als hätte sie mich nicht gehört. Wir schlenderten durch die Gänge. Überall lagen Dinge, die ich mir nicht leisten konnte, für sie aber nicht gut genug schienen, als dass sie ihnen mehr als flüchtige, träge Blicke gönnte, ihren wiegenden Schritt kaum einmal verlangsamte, um eine Hand auszustrecken.

Hast du dir nie mehr vorstellen können, als für diesen Mann zu arbeiten?

Wer sagt, dass es woanders besser ist?

Sie lachte, so laut, dass Menschen sich nach ihr umdrehten. Jetzt schien sie noch einmal zehn Jahre jünger. So alt wie ich, wenn ich laut lachen würde.

Ich, sagte sie. *Und du. Wieso solltest du mich sonst noch einmal aufsuchen?*

Sie hatte mich durchschaut, bevor ich auch nur eine Frage gestellt hatte. Seit gestern hatte sich etwas verändert. Wir beide wussten, dass ich etwas von ihr wollte, nicht andersrum.

Zwei junge Männer gingen an uns vorbei. Ein wenig zu nah, so wie es jeden Tag ein Dutzend Mal passiert. Auf der anderen Seite des Ganges war noch genug Platz, aber die Männer wichen nicht aus. Wozu auch. Auf der einen Seite erwartete sie die Leere. Auf der anderen Seite eine Frau, die schwächer war. Morgenstern und ich rückten instinktiv zusammen. Die Männer passierten, einer nahm sich die Freiheit, uns anzuschauen, uns wissen zu lassen, dass er uns anschaute.

Ich weiß genau, was du denkst, sagte Morgenstern, als sie um die Ecke gebogen waren. *Du fragst dich: Ist diese Frau verrückt? Oder sollte ich mich mit ihr verbünden? Und ich weiß auch, was diese zwei Männer denken.* Sie warf ihnen einen Blick hinterher. *Diese Welt*, sagte sie und führte mich zu einem weiteren Bereich voller unerschwinglicher Kleider, *ist von Männern gemacht. Von Männern für Männer. Sie haben die Rangordnung der Geschlechter erfunden. Sogar einen Großteil dessen, was wir heute Geschlecht nennen, haben sie einfach erfunden. Und wenn wir heute auch genauso frei scheinen, sind wir es nur, wenn wir uns diese Freiheit nehmen. Nicht, wenn sie uns geschenkt wird.*

Eine Verkäuferin hatte sich uns genähert.

Kann ich Ihnen helfen?

Morgenstern lächelte und sagte: *Wir können uns nicht entscheiden.*

Und an mich gewandt, als wäre die Frau gar nicht da: *Mach dir also keine Illusionen: Du kämpfst gegen eine viel größere Kraft. Du schwimmst als Frau gegen die Strömung bergauf, und diese unpraktische Kleidung, in die sie dich gezwungen haben, zieht dich in die Tiefe. Was du tun kannst? Nicht auch noch rückwärts schwimmen, nicht zappeln und jammern und vor allem: keine Angst zeigen. Also zieh dir was Ordentliches an und werd erwachsen.*

Dann drehte sie sich zu der Verkäuferin und sagte: *Ich nehme von jedem einen.*

Die Frau begann von jedem Stapel, von jedem Ständer ein Exemplar zu suchen und zog voll bepackt ab. Von Morgenstern hatte meinen Blick zu den Pullovern bemerkt, die neben uns lagen, wunderbar weiche Stoffe und Farben. *Willst du dir nicht etwas Hübsches aussuchen? Na los, ich schenke dir, was dir gefällt.*

Auf dem Schild stand *Kaschmir*, ein Wort wie aus einem Märchen. Sie griff nach einem roten. *Du könntest ruhig etwas mehr Farbe tragen*, sagte sie und schaute mich abschätzend an. Ich trug wie immer nur Schwarz.

Sie müssen mir nichts schenken, sagte ich, *ich habe ja jetzt etwas Geld, ich kann …*

Ich werde ihn dir nicht schenken, unterbrach sie

mich. *Wir nehmen ihn einfach mit. Steck ihn ein. Niemand wird uns aufhalten, versprochen.*

Sie löste geschickt das Preisschild vom Stoff und ließ es unter den anderen Pullovern verschwinden. Eine Szene aus meiner Kindheit fiel mir ein: wie ich mit meiner Großmutter einmal in ein Kaufhaus ging, ich nicht verstand, was wir hier wollten, wenn wir uns doch nichts leisten konnten. Wie meine Großmutter schließlich etwas packte, ich habe vergessen, was, einen Schal oder ein Tuch, und es mir schnell unter die Jacke stopfte. Wie wir zum Ausgang gingen, ich an ihrer Hand, langsam, um nicht aufzufallen, hinaus und nach Hause. Wie ich schwitzte vor Angst, erwischt zu werden, und dann noch mehr vor Angst, den Stoff vollzuschwitzen. Und wie meine Mutter strahlte über ihr Geburtstagsgeschenk.

Nimm ihn. Und erfreue dich daran, solange es dauert. Das ist der Zaubertrick dieses Systems: Wir sind stets aufs Neue von den Kostbarkeiten enttäuscht, für die wir so hart arbeiten. Wir standen immer noch mitten auf der Verkaufsfläche, jeder konnte uns sehen. Sie drückte mir den Pullover in die Hand.

Steck ihn ein. Er gehört dir. Wenn du reich bist, existiert die ganze Welt nur für deine Wünsche. Ob du dafür bezahlst, ist am Ende egal.

Hinter ihr lief zum dritten Mal derselbe Mann durch mein Blickfeld. Anzug, Halbglatze, wacher Blick. Er suchte etwas, jemanden. So fühlte ich mich, wenn Pavel einmal nicht im Zentrum war. Vielleicht, dachte ich, würde er mich lieben, wenn ich reich wäre?

Was, wenn sie uns erwischen?

Morgenstern lachte wieder. Eine Frau drehte sich zu uns um. Mir wurde heiß.

Reich sein ist wie eine Superkraft. Selbst wenn sie uns in flagranti erwischen – wieso sollten wir stehlen, wenn wir uns doch alles leisten könnten? Was könnte es anderes sein als ein amüsantes Versehen? Selbst wenn sie wissen, dass ich lüge, werden sie einen Teufel tun und riskieren, mich als Kundin zu verlieren. Meine jüngsten Einkäufe hier machen mich unverdächtiger als jedes maßgeschneiderte Alibi deines Chefs.

Sie nahm mir den Pullover wieder aus der Hand, faltete ihn sorgfältig, ließ ihre Handtasche von der Schulter rutschen, legte ihn hinein, schulterte sie wieder. Alles in einer fließenden Bewegung, als hätte sie nie etwas anderes getan.

Schade, dass das Zentrum geschlossen ist. Aber Hauptsache, du bleibst mir erhalten. Gehen wir etwas trinken und sprechen über die Zukunft? Oder was treibt dich sonst zu mir?

Ich folgte ihr zur Rolltreppe. Wollten wir etwas trinken, mussten wir in das Untergeschoss des Kaufhauses, wo die Gastronomien waren. Sie ging vor. Auf der zweiten Rolltreppe blickte ich mich um. Der Mann im Anzug folgte uns.

Das Geld ist das eine, sagte ich, um meiner Strategie treu zu bleiben. *Etwas hat sich verändert. Und es hat mit Ihnen angefangen.*

Was hat sich verändert? Deine Vorhersagen sind eingetroffen. Ist das nicht ein Grund zur Freude?

Das versuche ich herauszufinden.

Wir nahmen den letzten Teil der Rolltreppe ins Erdgeschoss. Wenn der Mann auch in den Keller fuhr, wettete ich mit mir, verfolgte er uns. Hier war die Decke verspiegelt. Man musste sich nicht einmal umdrehen, um ihren Anfang zu sehen. Als Frau Morgenstern unten angekommen war, schaute ich schnell nach oben. Genau in diesem Moment bog der Mann auf unsere Treppe ein. Er hatte uns beobachtet. Er wusste vom Rot in ihrer Tasche.

Wir passierten rechts die Chocolaterie und Konditoreien, links die Käse und Pasteten, dahinter sah ich Fleisch und Meeresfrüchte. In der Mitte thronte ein silbernes Rondell, auf dem unzählige Flaschen zu einer deckenhohen Pyramide gestapelt waren, und Kellner, die an den Stehtischen bedienten. Am ersten nahmen wir Platz.

Morgenstern hob die Hand. Einer der Kellner kam zu uns.

Das Übliche?, grüßte er sie.

Zweimal.

Unser Verfolger war nirgends zu sehen.

Gibt es da eigentlich einen Mann in deinem Leben?, fragte sie.

Nicht direkt.

Und indirekt?

Ich zögerte. Ihre Augen umklammerten mich. Was sollte ich antworten? Seine Augen hatten meine noch nie gesucht. Nicht am Anfang, nicht heute. Sinnlos, sich etwas vorzumachen: Der eine Mensch, der mich verstand, verstellte sich lieber. Der eine Mensch, der mich durchschaut hatte, blickte lieber woandershin.

Der Champagner kam. *Es gibt jemanden*, sagte ich und nahm das Glas in die Hand. Ich beobachtete die nach oben steigenden Blasen. In jeder sah ich Pavels Gesicht. Es war lächerlich. Ich war lächerlich. Aber was sollte ich tun? Hier gab es keine Geschichte zu erfinden. Ich war ausgeliefert. Wann ließ so etwas nach? Wann wurde man endlich härter, kälter?

Ich wette, er ist verrückt nach dir, sagte sie.

Einmal war ich ins Zentrum gekommen, Pavel sprach mit einer Studentin. Als er mich sah, zog er sich zurück. Ihr entschuldigender Blick war ein Schlag in meinen Magen. Er schaute mich nur traurig an. Ich rannte ins Bad und weinte. Wem nutzte es, wenn man ewig litt? War es nicht die mindeste Rache, die mir zustand, ihn jetzt und hier, vor dieser fremden Frau zu einem anderen zu machen? Es musste ein Ende haben.

Er ist schrecklich in mich verliebt, sagte ich, *aber ich brauche meine Freiheit.*

Der Schmerz flammte bei dieser infamen Verkehrung der Verhältnisse noch einmal auf. So weit unten war ich also angekommen: Ich erzählte billige Märchen über mich und einen unerreichbaren Mann. Aber die Scham verging erstaunlich schnell. Jedes Wort befreite mich ein wenig mehr. *Es gibt so viel zu erleben. Wieso sich an einen Mann binden, wenn mir die ganze Welt offensteht?*

Morgenstern nickte und lächelte ermutigend.

So sind wir Wassermänner: optimistisch und freiheitsliebend. Wer glaubt schon an die große Liebe?

Darauf stieß sie klirrend mit mir an. Das Geräusch besiegelte meinen Zauberspruch. Ich fühlte mich erlöst. Es war fast zu einfach, man brauchte nur jemanden, der glaubte.

Sehr wahr gesprochen, liebe Clara, sehr wahr. Auf die Freiheit!

Ich trank einen tiefen Schluck.

Das sagte mein Bruder früher auch immer.

Was macht er heute?

Er ist Pfarrer geworden. Ausgerechnet.

Sie grinste.

Dann seid ihr gewissermaßen Kollegen.

Vielleicht plauderten wir noch ein wenig, und ich weiß nicht mehr, über was. Oder es ging wirklich so schnell, wie es mir in der Erinnerung scheint: Plötzlich stand der Mann im Anzug neben uns und legte seine fleischige Hand auf ihren Arm, über dem ihre Handtasche hing.

Gnädige Frau, sagte er.

Wie gnädig, kommt ganz auf Sie an, sagte Frau von Morgenstern.

Entschuldigen Sie meine Aufdringlichkeit.

Je nachdem, was Sie noch vorhaben.

Es ist nur so, dass ich in diesem Haus als Kaufhausdetektiv arbeite.

Meinen Glückwunsch, sagte sie, *und ich wette, besonders Sie stehlen niemandem unnötig die Zeit.*

In dieser meiner Funktion, fuhr er seltsam gestelzt und unsicher fort, *musste ich beobachten, wie Sie, gnädige Frau, verbotenerweise, möchte ich meinen*, er machte eine Pause, mir wurde heiß, ich konnte auf meiner Haut spüren, wie sehr er sie entlarven wollte, wie er sie in sein Büro mitnehmen wollte, sie verhören und bloßstellen, *wie Sie viel zu schön sind, um ungestraft durch diese Hallen zu gehen*, er grinste schief. *Und deshalb muss ich Sie leider festsetzen, wenn Sie nicht einwilligen, mit mir auszugehen.*

Sie lachte zum dritten Mal, tätschelte ihm die Hand, machte sich los und sagte: *Ich bin unschuldig, zumindest dieser Delikte. Dafür sehr verheiratet. Einen schönen Tag, Herr Detektiv.*

Er nickte, enttäuscht, aber höflich.

Er muss ein sehr glücklicher Mann sein.

Dann ging er. Sie senkte die Stimme: *Das passiert mir seit Neuestem häufiger. Könnte das neue Parfum sein.*

Ich sah dem Mann hinterher. *Sicher ein Skorpion, vermutlich noch Aszendent Steinbock. So offensiv. Aber seien Sie froh. Zu mir kommen nur die Irren, die sich einbilden, Sie seien Geheimagenten oder Schlimmeres.*

Sie sind etwas Besonderes, Clara. Das fällt nicht nur mir auf.

Meistens den falschen.

Nun aber zu meinem Angebot, sagte sie und nickte dem Kellner zu, der uns Champagner nachschenkte.

Ich werde nicht für Sie arbeiten.

Sag Siri zu mir. Sie stieß wieder mit ihrem Glas an meines.

Ich werde nicht für dich arbeiten.

Ach Clara. Es geht doch längst um viel mehr. Du weißt das, sonst wärst du nicht hier. Wir beide, sie nahm meine Hand, *müssen herausfinden, was noch möglich ist. Und das kann nur ein Experiment zeigen. Das geht aber nur an einem besonderen Ort. Einem Ort, wo die Illusionen und der Glaube daran so stark sind wie nirgendwo sonst. Dorthin will ich mit dir reisen. Eine Woche auf meine Kosten. Entweder, du willst danach wieder hierher zurück, in dieses Büro zu deinem Chef. Oder nicht. Sieben Tage, mehr verlange ich nicht.*

Wohin genau?

Ich klang ungeduldig, kein Wunder, war ich doch gekommen, um mehr herauszufinden. Doch sie bot mir nur mehr Geheimnisse. Mein Leben war ruhig gewesen, gleichförmig. Jetzt schien sich alles umzudrehen, bis mir schwindlig wurde.

Das kann ich dir noch nicht verraten. Vertrau mir, es wird dir gefallen. Nimm deinen Pass mit. Und deine besten Schuhe.

Damit leerte sie ihr Glas und stand auf. Ich begleitete sie nach draußen, lief noch eine Weile im Kaufhaus umher und wusste nicht, wohin mit mir, den roten Stoff in meiner Hand. Ich traute dieser Frau nicht. Aber ich konnte ebenso wenig Nein zu ihr sagen. Mein Herz pochte, Schwindel hatte mich erfasst, ein seltsames Hochgefühl. Hatte ich einen

Höhenrausch? *Was hoch fliegt, stürzt tief ab*, hätte meine Großmutter gesagt. *Demut ist keine Spirituose.* Plötzlich bekam ich Angst vor dem Detektiv und verschwand lieber. Doch wusste ich bereits, wenn ich ehrlich war, was ich tun würde. Unsere tiefsten Wünsche sind wie Diebesgut, man kann sie verstecken und verneinen, aber sie verraten uns doch.

6

Wir müssen uns wehren.

Er schob mir das Papier unter dem Tisch zu, ganz langsam, und schaute dabei in die Ferne, als säßen wir uns zufällig gegenüber. Zu viele Augen mochten uns beobachten.

Werden wir, antwortete ich.

Er sah mit jedem Tag schlechter aus. Heute war sein Hemd falsch geknöpft. Seine Haare standen vom Kopf ab. Nur seine Augen strahlten.

Die glücklich verliebte ältere Ehefrau ging an unserem Tisch vorbei. Sie warf uns einen freundlichen Blick zu. Die anderen Gäste saßen, wie meistens, so herum und warteten auf nichts.

Sprich mit niemandem, schrieb ich. *Wir wissen nicht, wer ihre Spitzel sind.*

Er schaute ihr lange hinterher. Dann nickte er mir zu.

Was ist der Plan?, schrieb er.

Alles wird brennen. Er runzelte die Stirn. Die Antwort gefiel ihm nicht. Er wollte wissen, mehr wissen als alle anderen. Das wollten sie immer.

Ich nahm das Papier an mich und schrieb: *Benzin abzapfen. Feuer legen.*

Jetzt lächelte er.

Vorher: Ein Wintereinbruch, wie seit Jahrzehnten nicht mehr. Ich spüre die Kälte schon. Du auch?

Er schien in sich hineinzuhorchen. Dann schrieb er: *Ja. Wer ist noch dabei?*

Fast alle.

Er schaute an mir vorbei in den Raum.

Sie sind so leicht manipulierbar, schrieb ich. *Pass auf.*

Ich stand auf, drehte mich zu den anderen im Raum um, räusperte mich.

Entschuldigen Sie bitte. Glauben Sie an Astrologie?

Sie blickten auf, einige nickten oder murmelten Zustimmung.

Denken Sie, Sie könnten mein Sternzeichen erraten? Schauen Sie mich an, wir kennen uns ja nun ein wenig vom Sehen. Was könnte ich sein? Rufen Sie es mir einfach zu.

Krebs, sagte eine Frau.

Falsch, sagte ich. *Ich gebe Ihnen 11 weitere Versuche.*

Jungfrau!, rief eine andere.

Falsch. Ich bin... Skorpion.

Ich wusste es!, rief einer, andere nickten ihm beipflichtend zu.

Natürlich wussten Sie es, sagte ich. *Ich habe Sie ja auch betrogen, wie ein Skorpion es eben tun würde. Ich bin kein Skorpion. Ich bin Wassermann.*

Ich wusste es!, rief eine Frau, und alle nickten.

Ich drehte mich zu ihm um. Er lachte, sah frei aus wie ein Kind. Er sah aus wie Siri, als wir das erste Mal beim Roulette gewannen.

Wir waren in die aufziehende Nacht hineingeflogen, als wären wir auf der Flucht. Die Rollbahn wurde wie eine Tischdecke unter uns weggezogen, aus Vorstadthäusern wurden Planquadrate, aus Wiesen und Feldern ein Flickenteppich. Das Flugzeug legte sich in eine Kurve, das letzte Stück Welt entglitt der Sicht, die Räder fuhren mit einem Surren ein. Wir kippten zurück in die Balance. Ich erschrak, als die ersten Fetzen am Fenster vorbeirasten. Dann verschlang uns der Vorhang aus Wolken. Es wurde dunkel im Flugzeug, für einige Sekunden war die Welt ein tiefer Ozean. Was für eine infame Täuschung uns unsere Augen auferlegten, dachte ich. Wie massiv es aussah, wie sämtlich es das Licht schluckte; ein Entführer, der einem ganzen Flugzeug die Hand auf den Mund presste. Dann durchbrachen wir die Wolken, die Sonne stach seitlich durch das Fenster in mein Gesicht, vor Freude schrie ich beinahe auf. Endlos ballten sich die weißen Hügel bis zum Ende des Horizonts, schimmerten orange gen Licht und blau gen Himmel. Ihre Täler dunkler, die Spitzen weiß, in der Nähe luftiger, in der Ferne massive Gebirge. Diese magische Landschaft zog unter uns vorbei, und so gebannt ich starrte, so fehl am Platze fühlte ich mich hier. Kein Mensch hätte dieses andere Reich über allen unserer Reiche sehen dürfen, dachte ich. Es war ein Frevel. Er machte uns größer, als wir waren. Man musste abstürzen danach.

Es war das erste Mal in meinem Leben. Flugzeuge waren in meiner Welt bisher eine Möglichkeit geblieben, eine Technologie nicht anders als Raumschiffe. Real und alltäglich, aber eben nicht für mich. Siri hatte mir den Fensterplatz überlassen, saß lächelnd neben mir.

Du willst das Experiment also wagen. Ich bin stolz auf dich. Es gibt keinen besseren Ort dafür.

Sie sprach zu mir wie eine große Schwester. Ich genoss jedes ihrer Worte.

Sag mir endlich, wohin wir fliegen.

Nach Las Vegas, wohin sonst.

Ich erinnere mich genau, dass ich zu meiner eigenen Überraschung nicht überrascht war. Las Vegas, selbstverständlich! Pilgerort der Glücksritter und Größenwahnsinnigen. In dem Buch meines Bruders waren ihre Geschichten versammelt, und er hatte mir einmal vorgelesen, wie dieser Ort entstanden war, wie die Mafia dort Hotels gegründet hatte, um Geld zu waschen, nachdem Schaulustige zuerst wegen der Atombombenversuche in die Wüste gekommen waren.

Warst du schon mal dort?, fragte sie.

Natürlich nicht.

Wir werden spielen. Um viel Geld. Vor aller Augen. Ich will sehen, wie weit deine Gabe reicht. Traust du dir das zu?

Was soll schon passieren? Im schlimmsten Fall verlieren wir.

Ich hatte mir vorgenommen, keine Schwäche zu zeigen. Sie nickte und widmete sich wieder ihrem Handy. Ich sah auf ihr Gerät. Sie war bei einem Netzwerk angemeldet, in dem man blitzschnell fünfsekündige Einblicke in die Leben fremder Menschen gewinnen konnte. Auf ihrem Display sprangen die Szenen und Bilder hintereinander weg wie Funken. Ich sah einen Hund, der einen Hotdog mit der Schnauze fing. Ich sah eine Gruppe Tänzerinnen, die in grellem Licht zu Boden fielen wie ohnmächtig, ich sah ein Appartement mit Meerblick und teuren Lederstühlen, ich sah eine junge Frau in die Kamera weinen, ich sah einen kurzen Text über die Unmöglichkeit, sich zu konzentrieren, ich sah eine Gruppe Radfahrer einen Berg hinunterrasen, ich sah einen heftigen Kuss von einem Telefon gefilmt, ich sah eine schwarz-weiße Filmszene mit einem ganz ähnlichen Kuss, ich sah eine monströs große Welle auf einen Strand zurollen, ich sah einen Teller mit buntem Essen, ich sah eine Runde Politiker in Anzügen auf einer Bühne, ich sah eine Suchanzeige für ein vermisstes fünfjähriges Mädchen, ich sah einen Holzschnitt der mythischen Sirenen und einen gefesselten Odysseus, ich sah einen Androiden mit einer Laserwaffe, ich sah einen Text, der zu schnell wieder verschwunden war, sodass ich nur erahnen konnte, dass es sich um ein Rezept für ein kompliziertes Gericht gehandelt hatte, ich sah einen alten Mann auf einer Parkbank, ich sah einige kyrillische Buchstaben, ich sah eine schwarze Fläche und dadurch für einige Sekunden mich selbst, ich sah eine Gruppe Männer mit Gläsern voll glitzernder Flüssigkeit.

Einer der Männer sah aus wie Pavel. Ich kannte das bereits. Je weiter weg ich von ihm war, desto näher kam er mir. Manchmal, wenn er wieder von einer Studentin abgelenkt war, sah ihm auf der Straße jeder Zweite ähnlich. Schattenwürfe hatten seine Gestalt. Stimmengewirr klang wie er. Seife roch nach ihm. Hoffnungslos irrte ich durch ein Labyrinth seiner Doppelgänger, bis er mich ansprach und fragte, ob alles in Ordnung sei.

An diesem Morgen, als ich meine wenigen Sachen packte, hatte ich eine Nachricht von ihm bekommen. Es war das erste Mal seit Monaten, dass er mir schrieb. Die jüngsten Worte zwischen uns stammten alle von mir, einseitig verhallt. Ich legte das einzige Kleid, das ich mitnehmen wollte, auf mein Bett.

Wo bist du, schrieb er.

Auf dem Weg hier raus, antwortete ich.

Wohin?

Weit weg.

Warum denn?

Warum nicht?

Kommst du zurück?

Wann hatte er mich zuletzt etwas gefragt?

Ich glaube schon.

Sag mir bitte Bescheid.

Ich wunderte mich, dachte über eine Antwort nach.

Aber ich hatte leidvoll gelernt, dass die beste Antwort die ist, die man nie schickt; dass der beste Dialog nicht mit einer eigenen Nachricht endete, auf die nichts folgte und über die man noch wochenlang grübelte – war sie zu forsch, zu zweideutig, zu eindeutig? Antwortete man selbst nicht mehr, schob man diese Gedanken zum anderen, und darum ging es doch: wenigstens einmal dem anderen mehr zu denken zu geben als sich selbst. Dann kam die Limousine zum Flughafen. Ich würde nicht mehr antworten, nichts mehr behaupten. Ich würde ihm zeigen, wer ich war.

Die neue Welt, die ich zum ersten Mal betrat, bestand für uns zuerst aus endlosen Schlangen von Menschen, Absperrbändern, die Hallen in richtige und falsche Bereiche einteilten. Ich hatte noch nie so viele unterschiedliche Gesichter auf so engem Raum gesehen. Die Einreise dauerte Stunden. In der Luft lag ein scharfer Geruch. Viele hatten Angst. Für sie ging es um einiges mehr als eine Woche Spaß.

Man darf in dieses Spielzeugland nur nach einer sehr erwachsenen Prüfung, sagte Siri, *aber dafür darf man danach alles, was einem gefällt.*

Immer wieder wurden Einzelne von der Herde separiert und abgeführt, ohne dass man verstand, warum. Uns beachtete niemand. Wir waren nur zwei weiße Frauen auf der Suche. Nach was genau, interessierte hier niemanden, solange wir Geld dafür bezahlten. Ich war so oft über Grenzen gefahren, ich hatte vergessen, dass sie mit meinem Pass anders aussahen. Ich sah meine Mutter vor mir und was sie dafür getan hatte, dass ich hier in der richtigen Schlange stehen konnte. Ich sah meine Großmutter, wie sie vom Als-ob-Land erzählte. Sie hätte mich getadelt, da war ich mir sicher. Man reiste nicht zum Vergnügen, schon gar nicht zur Bereicherung. Man blieb, wo man war, bis man es nicht mehr aushielt. Ihre Familie war geblieben, als die Deutschen kamen, und nur einmal erzählte sie davon: *Die Deutschen kamen, die Männer gingen, alles wurde schlechter. Wir mussten die Tiere schlachten, eins nach dem anderen. Mehr als einen Esel und eine Ziege zu besitzen bedeutete den Tod. Sie schrien, sie hatten Angst, genau wie wir. Aber wir hatten die Messer, und die Deutschen die Gewehre. Und heute leben wir bei ihnen, auch ich, die sie damals zu fünft, zu zehnt gepackt hätten, nachts, wenn sie betrunken waren und mutig wurden; sie benutzten, bis sie nicht mehr lebte oder leben wollte und aus dem Fenster sprang wie die Nachbarstochter; so schmierte unser Vater mir Dreck ins Gesicht und zog mir Hosen an und machte mich zum Jungen, damit ich kein Geist wurde wie meine ältere Schwester, die nicht einmal mehr springen konnte und bald aufhörte zu essen, und mein Vater verfluchte sich und seine Frau und seinen Samen, der ihm fünf Töchter beschert hatte, von denen nur zwei den Krieg als ganzer Mensch überlebten. Heute geht meine eigene Tochter bei ihnen putzen, damit wir zu essen haben, und wenn das keine Armut ist, dann kenne ich keine.*

Wenn meine Großmutter so sprach, fragte ich

mich: Waren das dieselben Menschen, die ich kannte, zwischen denen ich lebte? Später begann ich zu glauben: Die Deutschen spielen sich nur. Es gibt sie nicht mehr, es gibt ihr Land nicht mehr, es gab nach dem Krieg nur noch zwei Theaterbühnen, eine im Westen, eine im Osten, auf der die Deutschen von ihren Nachkommen verkörpert wurden. Sie selbst, also das, was man einmal die Deutschen nannte, waren mit den Juden in die Gruben und Gaskammern gegangen. Kein Volk kann solche Verbrechen verüben und unbeschadet weitermachen, höchstens als Schatten seiner selbst. Auch Jahrzehnte danach, vereint, reich und satt: Ein Schatten bleibt ein Schatten, egal, wie gut man ihn füttert. Ein ganzes Land tat so, als wäre nichts passiert, als hätten ihre Großmütter und Großväter nichts getan. Ein Als-ob-Land der reinsten Sorte. Doch anders als meine Großmutter lebte ich gerne dort. Wo sonst konnte jemand wie ich sein?

Why are you here, fragte die Frau in Uniform, als wir endlich am Schalter unsere Pässe zeigen durften. Die Macht, die sie verkörperte, drückte auf meine Schläfen.

War das hier auch ein Als-ob-Land? In dem die einen so taten, als ob sie wären, was die anderen nie schafften?

We want to get rich, sagte Siri.

Wir lachten alle, als wäre das ein Scherz. Dann stempelte sie unsere Papiere und winkte uns weiter.

Stunden später saßen wir endlich im Taxi und

schauten jeweils zu einer Seite nach draußen. Das Licht des Sonnenuntergangs wurde langsam abgelöst vom Blau der letzten Stunde. Und mit jeder Sekunde traten die Leuchtreklamen und Neonschilder näher aus den Schatten hervor: gigantische gleißende Vierecke, ständig in Bewegung, bunt und einladend wie quietschbunte Süßigkeiten, ein Festmahl für die Augen, so sauer und süß, dass es einem den Mund zusammenzieht und man sich schüttelt vor Freude. Riesige Palmen säumten die Straße, an der venezianische Kanäle, Pyramiden oder der Eiffelturm auftauchten wie Spielzeuge. Dazwischen Häuser, so hoch, dass mir schwindlig wurde beim Hinaufschauen. Diese Stadt, dachte ich, sah aus wie von einem wahnsinnigen Kind gebaut.

Womöglich, weil alles hier zu groß war, jedenfalls zu groß für mich. Allein das Hotel war eine Stadt für sich, mit Einkaufszentrum, Polizeiwache und Krankenhaus. Das Glücksspiel zog alle möglichen Schmarotzer und Sekundärausbeuter an, die sich um den Strip niedergelassen hatten. Wie Putzerfische umkreisten sie den gigantischen Wal, der das Glücksspiel hier war: Zahnärztinnen und Psychiater und Anwälte und Hochzeitskapellenbetreiber und Fußpfleger und Einwanderungsagenturen und Wechselstuben und dazu Kredithaie, Hunderte Kredithaie. Was auch immer dafür sorgte, dass Geld den Besitzer wechselte, schien erlaubt. All das gab es irgendwo im unterirdischen Bauch unseres Hotels, dessen riesige Lobby voller goldener Kronleuchter und roter

Teppiche von einem Schriftzug an der rückseitigen Wand bestimmt wurde: *You have the right to be lucky.*

Das ist die größte Lüge unserer Zeit, sagte Siri.

Die Rezeptionistin strahlte uns an und sagte: *Herzlich willkommen! Morgen wird Ihr Glückstag, ich spüre es.*

Warum, fragte Siri.

Weil das Glück zwei solchen Schönheiten kaum widerstehen kann, sagte die Frau. Ich spürte ihren Wunsch, uns zu schmeicheln, klebrig zwischen meinen Fingern.

Sie sind auch sehr schön, antwortete ich unbeholfen.

Sie sind zu süß, sagte sie.

Warum süß, sagte Siri. *Wenn man mein Gesicht aufschneidet, wartet dahinter Erdbeerkuchen?*

Die Frau lachte wie auf Befehl.

Ich sehe, Sie haben eine Suite gebucht, eine exzellente Wahl. Und dann konnte ich Ihnen noch zwei Tickets für eine seit Monaten ausverkaufte Show heute Abend organisieren. Sie ist etwas Besonderes, glauben Sie mir. Pure Magie. Sie werden sie als zwei andere Menschen verlassen, als Sie hier vor mir stehen.

Siri nickte ihr zu und zog mich zu den Aufzügen.

Was soll ich anziehen?, fragte ich, als wir auf unserem Zimmer waren.

Das Schönste, was du hast.

Ich habe nichts Schönes.

Wir lassen etwas kommen.

Sie griff zum Telefon. Ich ging ins Bad, das größer war als meine Wohnung, und duschte. Als ich aus dem Bad kam, klopfte es an der Tür. Eine Frau aus einer der Hotelboutiquen brachte zehn Kleider für mich. Sie passten alle. Ich wollte zwei auswählen, da hatte Siri die Verkäuferin schon hinausbegleitet.

Du wirst sie alle brauchen, sagte sie. Sie nahm ein glänzend grünes, hielt es mir hin und sagte: *Damit fangen wir an.*

Ich ertappte mich bei dem Gedanken, wie sehr es mir gefiel, dass sie bestimmte.

Wir betraten den Saal über die große Treppe, damit man sah, dass wir nichts zu verbergen hatten. Die Männer schauten uns nach, wie wir zwischen den Tischen umhergingen in unseren teuren Kleidern, Siri in einem gelben mit Ausschnitt und Kragen, ich mit freiem Rücken und hohen Schuhen, auf denen ich mit jedem Schritt sicherer wurde. Es war kalt hier, die Klimaanlagen liefen, ich hielt mich nah an Siri. Überall wurde konzentriert gespielt, es war überraschend ruhig. Wir taten, als würden wir analysieren, wie die Kugeln liefen, welcher Dealer welche Karten gab.

Auf Siris Wunsch hielten wir an einem der hinteren Roulettetische, an denen noch Plätze frei waren, sodass wir die Runde einige Spiele lang beobachten konnten. Es war wie in den Filmen, die ich gesehen hatte: Der Croupier trug Smoking und beherrschte den Tisch mit der Eleganz seiner sparsamen Bewegungen. Keine überflüssige Geste, keine charmanten Bemerkungen trübten die Heiligkeit seines Amtes. Die Spieler um uns starrten stumm auf die Felder. Wir waren die einzigen Frauen am Tisch, wenn man die Begleitungen in zweiter Reihe nicht zählte. Wir hörten die Ansagen des Croupiers: *Faites vos jeux!*, er sprach natürlich Französisch; *rien ne va plus!* Wir sahen die Kugel rollen und fallen, wir hörten Seufzen, kaum jemand gewann.

Die Verzweiflung der Verlierer kribbelte mir im Nacken. So ging es drei, vier Runden, bis Siri plötzlich, für mich völlig willkürlich, einen Stapel Jetons auf die Kreuzung der 4, 5, 7 und 8 setzte. Wenn eine der vier Zahlen kam, gewannen wir mit Faktor acht, so viel hatte sie mir im Flugzeug noch erklärt.

Warum diese Zahlen?, fragte ich.

Mein Geburtsdatum. Wenn es stimmt, was du mir vorhergesagt hast – Glück im Spiel und so weiter –, sind es genau die richtigen.

Die Kugel drehte sich, sprang über die Felder wie ein fröhliches Tier und beruhigte sich dann schließlich Richtung der schwarzen 8. Sie landete. Der Croupier zog die verlorenen Jetons aller anderen zu sich und schob uns unseren Gewinn zu. Unsere Chips hatten sich vervielfacht. Ich bekam eine Gänsehaut und hoffte, dass sie trotz des freizügigen Kleides niemand sehen konnte. Siri lachte hell auf und winkte einem Kellner.

Steht alles genau so in den Sternen, flüsterte sie mir zu.

Der Croupier schenkte uns einen Blick, als ob er uns ermutigen wollte, unsere Glückssträhne auszunutzen. Ich spürte seinen Drang, die Einsätze hoch zu halten, vermutlich wurde er danach bezahlt. Aber Siri wartete einige Runden und beobachtete die anderen. Immer wieder brach an einem Tisch plötzlich Lärm aus, schrie jemand verzückt und riss die Arme hoch. Jemand anderes fluchte und wurde gemaßregelt. Jemand löste sich in Tränen auf und wurde aus dem Saal geleitet. Die Energie des Saales ballte sich an einem Ort, um ebenso schnell wieder abzuebben, wenn der Croupier zum neuen Einsatz bat.

Worauf dieses Mal, fragte Siri mich, als die nächste Runde startete.

Eine ungerade Zahl, antwortete ich, *nicht zu hoch und auf jeden Fall rot.*

Alles auf die rote Sieben!, rief Siri und lachte. *Das wollte ich schon immer einmal sagen.*

Die Kugel drehte sich, tanzte und sprang und landete auf der Sechs. Ein Raunen ging um den Tisch.

Wir brauchen mehr Glauben, sagte Siri. Auch das hatte sie mir im Flugzeug erklärt: Die Leute müssten davon überzeugt sein, dass ich eine Glückssträhne hatte oder besser noch ein todsicheres System. Die Sterne lesen konnte, magische Zahlen kannte. Dann würde es auch passieren. Also fing ich an, andere Gäste in Gespräche zu verwickeln. Es war nicht so einfach, wie wir anfangs dachten. Fast jeder kam in der Überzeugung hierher, eine Glückssträhne, den Gewinn zumindest verdient oder gar ein todsicheres System zu haben. Die Angestellten sahen durch mich hindurch, wenn ich ihnen erzählte, dass die Sterne heute besonders günstig standen. Die anderen Gäste gingen zum Gegenangriff über, erzählten mir von uralten Glückszahlen, mathematischen Modellen, monatelangen Beobachtungen und Berechnungen, die alle auf dasselbe hinausliefen: Sie konnten nicht verlieren. Doch einige wenige horchten auf, sobald ich von ganz speziellen Konstellationen sprach, Aszendenten und Transzendenten, den chinesischen Kalender hinzuzog. Bald trauten wir uns, höhere Beträge zu setzen. Beim Roulette zuerst wieder auf vier Zahlen, also die Jetons auf das Kreuz zwischen ihnen, Gewinnfaktor zehn, und als das funktionierte, auf einzelne Zahlen. Maximales Risiko, maximaler Gewinn: Faktor 35. Und wir gewannen.

Siri lächelte sanft, nahm unsere Jetons und sagte: *Glaubst du immer noch an Zufälle?*

Ein paarmal gewinnen ist noch kein Beweis. Ich klang trotzig wie ein Kind.

Du willst einen Beweis?

In ihren Augen lag etwas Neues, Dunkles. Sie zog mich weg vom Tisch. Es ging ihr nicht ums Geld, dachte ich. Es ging ihr darum, der Welt zu zeigen, dass sie recht hatte. Die heruntergekühlte Spielhalle fühlte sich plötzlich heiß an.

Wenn ich es dir beweise, raunte sie mir zu, *spielst du dann endlich mit mir um alles?*

Wie willst du das machen?

Du musst es erst selbst glauben. Dann tun es auch alle anderen.

7

Wie jede große Show begann auch diese mit einigen kleineren Tricks. Fingerübungen, Kinderspiele, beinahe enttäuschend simpel. Dem Publikum war klar, dass dieses Understatement nur der Aperitif war. Man verstand die Ironie, man machte sich bereit.

Zuerst hatte der Magier die Bühne betreten, sich verbeugt, zu den werten Damen und Herren gesprochen, die heute Abend Lebensveränderndes sehen würden. Man sei unter sich, man könne ganz entspannt sein. Plötzlich hatte er ein blaues Tuch in der Hand, zauberte es weg, wieder hervor, ein grünes dazu, ein gelbes, jetzt waren sie verknotet, dann war da eine ganze Reihe an Tüchern, zu einem Kreis geflochten, jetzt fielen sie einzeln zu Boden. Freundlicher Applaus. Der Magier spazierte hinab ins Publikum, zog lachenden Gästen weitere Tücher aus den Ohren, dann einen Löffel. Als er einen Mann am anderen Ende des Saals bat, den Löffel, den der Magier eben erst eingesteckt hatte, aus seiner eigenen Jacketttasche zu holen, und der Mann mit einem Ausdruck von erstaunter Verletzlichkeit tatsächlich einen Löffel hochhielt, stieg die Temperatur im Saal um einige Grad. Einige riefen und pfiffen, *unglaublich*, sagte eine Frau vor mir immer wieder, *unglaublich*. Jetzt war man bereit. *Die Zauberei*, sagte der Magier, während er sich von einem Zuschauer die Hände mit einem Strick zusammenbinden ließ, *ist eine uralte Kunst und doch ewig jung. Sie hat die Macht, alle Regeln aufzuheben. Deshalb fasziniert sie uns*. Der Mann hatte den Strick so fest um die Handgelenke des Magiers gezogen, dass dessen Hände weiß wurden. Mit einem Nicken verabschiedete er den Gast von der Bühne. Am rechten und linken Bühnenrand stand jeweils ein kleiner Tisch. Der Magier betrachtete beide kurz, wie um sich zu vergewissern, dass er sie nicht aus Versehen weggezaubert haben könnte. Dann stieg er von der Bühne hinunter und ließ einige Zuschauer die Knoten befühlen. Er trug kein Mikrofon, aber unabhängig davon, wo er stand, war seine Stimme im ganzen Saal zu hören, ohne dass er sie erhob.

Aber deshalb fürchten wir die Magie auch. Der Magier war zurück auf der Bühne, hob die Hände über den Kopf und begann, sich vor- und zurückzuwiegen, immer schneller, bis er plötzlich laut in die Hände klatschte. Das Seil fiel zu Boden wie eine tote Schlange.

Sie zeigt uns das Chaos, wenn nichts mehr sicher ist.

Der Saal applaudierte begeistert. Der Magier verbeugte sich, schwitzte leicht, aber lächelte. Jetzt fixierte er den Tisch links von sich, murmelte etwas, stieß die Hand in die Luft, als wolle er den Tisch berühren, sprach lauter, womöglich in einer uralten, vergessenen Sprache, der Saal wurde totenstill, und da begann der Tisch zu schweben, erst einige Zentimeter über den Boden, dann höher, einen halben Meter! Der Magier hob seinen linken Arm, blickte nach rechts, zu dem anderen Tisch, reckte den rechten Arm zu ihm. Und auch dieser Tisch begann zu schweben, bis beide in der Luft hingen wie das Interieur für ein Café über den Wolken. Als der Magier die Arme langsam sinken ließ, sanken auch die Tische. Applaus explodierte.

Siri saß neben mir auf der Stuhlkante, den Blick unverwandt auf die Bühne gerichtet. Der Magier verbeugte sich knapp, nahm einen Stapel Karten von einem der Tische und hielt ihn hoch. Er wartete, bis sich alle beruhigt hatten, hatte uns in seinem Bann. Und in diesem Moment bemerkte ich, dass ich ihn nicht im Geringsten lesen konnte. Er hatte keinerlei Aura, kein Bedürfnis schien von ihm auszugehen. Konnte ich das Publikum und seine Lust auf eine Sensation, seine Skepsis, seine Weigerung, an etwas Übernatürliches zu glauben, auf meiner Haut spüren wie warmen Regen, schien der Magier dort vorne wie eine Wand.

Meine Damen und Herren, sagte er, *jeder Magier der Welt weiß: Die wahre Königsdisziplin der Zauberei sind die Kartentricks. Doch dieser Ausdruck ist ein Frevel. Was Sie nun sehen werden, hat mit Tricks so viel zu tun wie mein kleiner Spaziergang durch Ihre Reihen mit einer Reise zum Mond. Um Ihnen die wahre Kraft der Magie zu demonstrieren, werde ich mich eines herkömmlichen Kartenspiels bedienen, so viel ist richtig.* Er legte die Karten wieder zurück. *Doch mittels dieser 52 Rechtecke aus Papier habe ich etwas ganz anderes vor als eine weitere nette Illusion.* Bei diesen Worten schlackerte er wie vorhin mit den Armen, als imitierte er sich selbst, doch führte er die Bewegung ein entscheidendes bisschen langsamer aus, wie in Zeitlupe, sodass alle sehen konnten, dass er mit der Hand aus seinem Jackettärmel ein dort verborgenes Tuch zog. Ein Raunen ging durch den Saal. Was geschah hier? Ein Magier verriet seine Tricks? Ich spürte die wütende Verblüffung der Menschen, durch schiere Körperbeherrschung dermaßen hinters Licht geführt worden zu sein, als bitteren Geschmack auf der Zunge. Hinter mir sagte ein Mann zu seiner Frau: *Ich hab's dir doch gesagt, Darling. Reine Technik.* Sie antworte halblaut, *gar nichts hast du gesagt*, aber da fuhr der Magier schon fort.

Auch werde ich die Karten nicht in der Tasche eines Mannes auftauchen lassen, den ich vor der Vorstellung als unfreiwilligen Assistenten benutzt habe – ein kurzer Rempler, und der Löffel war in seiner Tasche. Zur Sicherheit habe ich das gleich zweimal gemacht, falls zufällig jemand während der Vorstellung gestorben wäre. Einige lachten angestrengt. Es wurde zu viel, zu rücksichtslos sprang er mit dem eigenen Glauben und dem ehernen Gesetz um, dass Magie etwas Geheimnisvolles war. *Wenn die Dame hier vorne im blauen Kleid einmal in ihre Handtasche schauen möchte, da müsste noch ein Löffel von mir sein.* Sie gab einen Laut des Erstaunens von sich, um dann einen Löffel in die Höhe zu recken. Unschlüssiger Applaus brandete auf. Wurde man hier gerade Zeuge eines künstlerischen Selbstmords? Siri starrte gebannt nach vorne. *Nein, meine Damen und Herren*, sagte der Magier nun, *mit den Karten verhält es sich anders. Hier geht es um echte, reine Magie. Um den Zugang zu einem anderen Bewusstsein. Um Metaphysik. Sie werden etwas sehen, was Sie niemals vergessen werden, das verspreche ich Ihnen. Es wird keine wie auch immer geartete Möglichkeit geben, Sie zu manipulieren. Und damit Sie mir glauben, bestimme ich die freiwillige Person, die ich dafür brauche, zufällig.* Er griff das Kartenspiel auf dem anderen Tisch. *Ich werde mich nun umdrehen und die Karten über meine Schulter ins Publikum werfen. Unmöglich, selbst für mich, dabei eine bestimmte Person zu treffen – sind wir uns da einig? Wenn doch, wäre ich längst nicht mehr hier, sondern Basketballprofi, man verdient dort angeblich mehr*, Gelächter, zustimmende Rufe. *Wirf sie zu mir, Magier!*, brüllte einer von ganz hinten.

Wer auch immer den noch eingeschweißten Stoß Karten fängt, ist mein Freiwilliger. Sind Sie bereit?

Ja, riefen einige, erhitzt und nervös. Alle saßen auf ihren Stuhlkanten. Aber als die Karten, von ihm in einer lässigen Armbewegung über die Schulter geschleudert, über die ersten Reihen segelten, wusste ich sofort, wer sie fangen würde. Alle unsere Jetons hätte ich auf diese eine Person gesetzt. Siri sprang von ihrem Sitz, griff zu und drückte mir die Karten mit einer blitzschnellen Bewegung in den Schoß.

Fantastisch, rief der Magier, der sich umgedreht hatte und mich fixierte, *gut gefangen! Wollen Sie meine Freiwillige sein?*

Für eine Sekunde dachte ich, die beiden steckten unter einer Decke und es wäre ein abgekartetes Spiel. Dann aber hob ich die Hand mit den Karten und nickte. Die Aufmerksamkeit des Publikums prickelte auf meiner Haut.

Öffnen Sie die Folie, sagte er, und ich tat es.

Reichen Sie den Stoß an Ihre reizende Freundin links von Ihnen, sie kann ihn gerne überprüfen. Ich gab Siri die Karten. Sie befühlte sie und nickte ihm zu. *Ein Applaus bitte für die Dame,* ich wurde vom Klatschen der Hände emporgehoben, als ich den Stoß wieder entgegennahm.

Ziehen Sie eine Karte, wenn ich es Ihnen sage.

Ich fühlte die Karten zwischen meinen Fingern, ihre Dutzenden millimeterschmalen Seiten, die sich an meine Haut schmiegten. Ein Gefühl, das ich schon als Kind geliebt hatte. Als könnte man dem Ernst des Lebens für immer entkommen, wenn man nur solch einen Stapel hätte.

Nur zu, sagte er und drehte sich weg von mir, *ich werde nicht zuschauen. Ich verbinde mir sogar die Augen*, er zog ein schwarzes Tuch aus der Hosentasche, legte es sich, immer noch von mir abgewandt, um den Kopf und verknotete es. *Sehen Sie, ich sehe nichts mehr. Sie können in aller Ruhe eine Karte wählen. Und damit auch niemand sonst Sie beobachten kann, bitte ich die Technik nun, das Saallicht zu löschen. Sind Sie bereit?*

Ich nickte.

Ich brauche Ihre hörbare Zustimmung, meine Dame, Ihr Nicken kann ich nicht sehen.

Das Publikum lachte. Scham erhitzte meine Wangen.

Okay, sagte ich, so laut ich konnte.

Wunderbar, sagte er, *Licht bitte aus.*

Im Saal wurde es dunkel, nur die schwachen grünen Anzeigen der Notausgänge leuchteten. Ich atmete aus. Der Stoß Karten in meiner Hand fühlte sich plötzlich schwer an. Mir wurde heiß. Wenn ich etwas falsch machte, wäre ich vor aller Augen blamiert.

Wählen Sie nun Ihre Karte, und gehen Sie sicher, dass nur Sie sie sehen können. Dazu bitte ich alle Menschen im Saal, zur Decke zu schauen. Sehen Sie aus den Augenwinkeln jemand, der nicht zur Decke schaut, rufen Sie bitte laut. Ich sah, wie alle, auch Siri, ihm gehorchten. Niemand sagte einen Ton. Ich teilte das Kartenspiel mit unsicheren Händen in zwei Hälften und beugte mich darüber, schirmte es mit meinem Körper gegen alle Blicke ab, obgleich wie befohlen weiter alle zur Decke schauten. Mir blieb nicht viel Zeit, aber ich wusste, welche Karte ich wollte. Schon nach einigen wenigen tauchte die Herzsieben auf. Ich zog sie aus dem Stapel, ohne dass es jemand sah. *Haben Sie eine Karte?*, fragte der Magier.

Ja, antwortete ich in die Dunkelheit, meine Stimme zitterte ein wenig.

Gut, sagte er nur. *Licht bitte an!*

Auf einen Schlag erstrahlte der Saal, das Publikum blinzelte und schaute wieder zu mir. Der Magier stand weiterhin mit verbundenen Augen auf der Bühne, mit dem Rücken zu uns.

Ich möchte nun, dass Sie diese Karte als oberste auf den Stapel legen. Ich tat wie geheißen. *Ich möchte nun, dass Sie diesen Stapel nach vorne geben.* Alle blickten mich an. Die gesamten vorderen Reihen hatten sich umgedreht. Unwillkürlich hob ich den Stapel etwas höher, damit ihn alle sehen konnten, aber nicht hoch genug, dass man die unterste Karte erkannte. *Geben Sie den Stapel bitte zu mir durch, ohne etwas zu verraten.* Vor mir saß eine Frau in einem teuren roten Kleid, mit passend roten Lippen, die im Scheinwerferlicht glänzten. Sie streckte mir ihre Hände entgegen, ich gab ihr den Stapel, der unter leisem Getuschel schließlich vorne ankam. *Ich spüre, dass die Karten fast bei mir sind*, sagte der Magier. *Darf ich Sie bitten, wer auch immer den Stapel in der Hand hält*, es war ein älterer Herr in einem altmodisch weiten Anzug, *die Karten nun hier vorne neben den ersten Stapel zu legen?* Der Herr stand auf, etwas unsicher, blickte sich zum Publikum um, aber die heißen Gesichter spornten ihn an. Er legte den kurzen Weg zur Bühne so schnell zurück, als wäre er wieder ein junger Mann. *Legen Sie den Stapel auf den anderen Tisch, danke.* Der Magier löste das Tuch um seinen Kopf. *Schön, Sie wiederzusehen*, sagte er. *Wer von Ihnen glaubt, dass ich die von der Dame gewählte Karte nun nicht nur erraten kann*, er machte zwei langsame Schritte auf den Tisch mit seinem Stapel zu, *sondern auch genau diese Karte oben auf meinem Stapel erscheinen lassen werde*?

Es dauerte einige Sekunden, bis alle verstanden, welche Ungeheuerlichkeit er hier anbot. Dann lachten die ersten, einer pfiff durch die Zähne, eine Frau rief: *Niemals!*

Der Magier lächelte und breitete die Arme aus. *Ich lade Sie ein zu zweifeln, aber ich lade Sie auch ein, genau zu beobachten. Ich werde mich nun konzentrieren und langsam in das Bewusstsein der Dame vordringen. Sie wird sich die Karte vorstellen, und dann werde ich sie reproduzieren. Wenn ich die oberste Karte meines Stapels aufdecke, wird sie exakt diejenige sein, die die Dame aus ihrem Stapel gewählt und obenauf gelegt hat.*

Völlig unmöglich, sagte jemand neben mir, und nun wurde das gesamte Publikum unruhig. Einige schlossen sich ihr an, *unmöglich*, ging es herum, *wie soll das gehen*, fragte die Frau vor mir laut. Andere klatschten dem Wahnsinnigen auf der Bühne aufmunternd zu. Plötzlich wusste ich, was ich zu tun hatte. Was Siri von mir wollte.

Der Magier hatte die Augen geschlossen und die Finger an seine Schläfen gelegt. *Bitte stehen Sie auf,* sagte er in den Raum hinein, und ich wusste, dass er mich meinte, als hätte er meinen Namen gesagt. *Bitte stehen Sie auf*, wiederholte er, und ich erhob mich. Die Blicke des Publikums gingen zwischen ihm und mir nun rhythmisch hin und her wie bei einem Tennismatch. Wenn das hier ein Trick war, wollte jeder ihn entlarven. Wenn es wahre Magie war, wollte sie jeder bezeugen. Mich würden sie bereitwillig dafür opfern. Ich spürte eine tiefe, existenzielle Angst.

Bitte denken Sie nun fest an die Karte, die Sie gezogen haben, sagte er, *holen Sie sie vor Ihr inneres Auge. Denken Sie an keine andere. Sehen Sie sie?*

Ja, sagte ich. Vor mir schwebte die Herzsieben, als hätte ich sie noch in der Hand.

Ganz deutlich?

Ja.

Gut. Ich möchte nun, dass Sie uns allen mitteilen, welche Karte Sie oben auf Ihren Stapel gelegt haben.

Das Publikum starrte mich an.

Welche Karte, sagte er noch einmal und fixierte mich.

Die Angst wurde noch stärker. Vor meinem inneren Auge liefen die vergangenen Tage ab. Ich dachte an das Büro und die Madame, an den Chef und die Wirtin der Bar. Ich dachte an die Anruferin und ihren genesenen Mann, an Pavel und den Kontrolleur in der Bahn. An mich selbst. Ich wurde geboren, ich lernte, arbeitete, wohnte, starb. Das sollte mein Leben sein? Mein Leben ist der Dunst, aus dem meine erste Erinnerung steigt, nur ein Bild von Sonne auf einem schlecht geputzten Fenster und meine kleine Hand, die über die Schlieren fährt und eine Spur hinterlässt und zum ersten Mal der Gedanke: Ich bin. Mein Leben ist das Aufhorchen, sobald irgendwo Klavier gespielt wird, der Duft von Erdbeeren und Milch, der für immer Sommer sein wird, die Haare auf der Oberlippe meiner Großmutter und Mutter und meiner, wenn ich sie nicht einmal im Monat ausreißen würde, dieser Schmerz, das alles ist mein Leben. Nicht meine Zeugnisse und Verdienste, sondern die Puppe, die ich jahrelang mit mir herumtrug und dann verlor und von der ich heute nicht mehr weiß, wie sie aussah, nur wie sie sich anfühlte, ihr weiches Kleid, und später erschrak, dass Schamhaare sich ganz ähnlich anfühlten, die Peinlichkeit, jemand davon zu erzählen, das Gefühl, pinkeln zu müssen und der Wettbewerb, es nicht zu tun, bis es wehtat. Nicht zu viel an meine Mutter und Großmutter zu denken. Nicht zu einsam sein. All die Geschichten, die ich stattdessen erzählte. Die sind mein Leben, dachte ich.

Den Kreuzbuben, sagte ich, so laut ich konnte. *Ich habe den Kreuzbuben gewählt.* Niemand wagte, etwas zu sagen, aber ich konnte die Figur in ihren Blicken sehen, den Mann mit seinem Schnurrbart und der Hellebarde, den kostbaren Gewändern und dem schwarzen Emblem rechts über ihm. Zweihundert Menschen dachten an den Kreuzbuben. Der Magier hatte seine Augen auf mich gerichtet. Seine Brust hob und senkte sich. Sein Gesicht verzerrte sich, als müsse er alle Selbstbeherrschung aufbieten, mich nicht anzuschreien. *Meine Dame*, und zum ersten Mal bebte seine Stimme, *sind Sie sich ganz sicher? Welche Karte haben Sie gesehen und auf den Stapel gelegt?*

Den Kreuzbuben, erwiderte ich.

Ihre letzte Chance, meine Dame.

Kreuz. Bube.

Abrupt tat er einen weiteren Schritt auf den Tisch zu.

Gut, rief er, aber etwas hatte sich an seiner Haltung geändert. Er lehnte sich nach vorne, schien sich fast am Tisch festhalten zu müssen, leckte sich die Lippen. Er nahm das Tuch und wischte sich über das Gesicht. *Gut*, sagte er noch einmal. Dann zögerte er einige Sekunden. Zu lange für eine Kunstpause. Das Publikum wurde unruhig. Ein einzelner Scheinwerfer erleuchtete nun den Arm des Magiers und die Karten. Und mit einer langsamen Handbewegung griff er nach der obersten Karte seines Stapels, nahm sie und drehte sie so, dass wir sie alle sehen konnten.

Das Geräusch der Menge werde ich nie vergessen. Es war ein stimmhaftes Einziehen der Luft, als wollten sie alle diesen Moment einsaugen und für immer festhalten. Siri neben mir seufzte ebenso. Ich hatte in meinem Leben bisher nur einmal etwas Vergleichbares gehört, vor etwa zwanzig Jahren. Ich war ein Mädchen, und meine Mutter und Großmutter waren seit Wochen wie wahnsinnig, weinten am helllichten Tag, hielten sich an den Händen, saßen zu Hause vor dem Bild des alten Mannes, der bald in unsere Stadt kommen sollte; es war, als ob Gott persönlich auf die Erde gekommen hinabstieg, und als ich fragte, ob das wahr sei, ob Gott kam, hielt mir meine Mutter zu meiner Überraschung keine Standpauke, dass ich den Namen des Herrn aus dem Spiel lassen solle bei meinen albernen Fantasien, sondern sagte: *Fast richtig, mein Herz, mein Herzchen, es ist nicht der Herr, aber der eine, der ihm nahe ist.* Und als wir eine Woche später zwei Stunden auf einem riesigen Platz warteten, völlig durchgefroren und nass vom Schneeregen, nur um ganz vorne zu stehen, wir – drei Frauen, die nie etwas gemeinsam taten –, meine Mutter und ihre Mutter und ich untergehakt; zwei Frauen, die sich nichts zu sagen hatten und eine, die nichts verstand, da hörte ich dieses Geräusch, als er endlich kam. *Seht*, riefen meine Mutter und meine Großmutter. *Sehen Sie*, sagte der Magier, und die Menge sah die Karte in seiner Hand.

Der Kreuzbube.

Ganz, wie sie es gesagt hat, rief er. Ohne den Blick von mir zu nehmen, ging er zum zweiten Tisch, auf dem mein Stapel lag. *Wenn sie die Wahrheit gesagt hat*, rief er, *muss genau diese Karte nun auch auf dem anderen Stapel liegen*, und er funkelte mich an. Nun begriff ich, was er vorhatte. Er würde mich bloßstellen. Er würde allen Anwesenden zeigen, was ich getan hatte. Wie ich seinen Trick sabotiert hatte, allen das Vergnügen zerstört hatte. Siri neben mir bemerkte, wie ich unruhig wurde. Sie griff nach meiner Hand, und ich glaube, ich wäre aufgestanden und aus dem Saal gestürzt, um der Demütigung zu entfliehen, hätte Siri mich nicht festgehalten.

Auf der Bühne grinste der Magier, *der Kreuzbube, meine Damen und Herren,* rief er noch einmal, es klang wie ein Todesurteil, *der Kreuzbube!* Und er zog die oberste Karte des Stapels, und der ganze Saal konnte sehen, dass ich gelogen hatte, der ganze Saal sprang auf und schrie vor Vergnügen, selbst Siri riss mich mit nach oben, ich konnte mich nicht wehren, ich schrie wie alle anderen, denn der Magier reckte uns die Karte entgegen, ein Mann mit Schnurrbart und Hellebarde, der Kreuzbube thronte über uns, es gab kein Halten mehr.

Du hast es, rief Siri, *du hast es wirklich, es sind keine Zufälle, es sind nicht die Sterne, du bist es*, und in all der Aufregung sah ich als Einzige, wie der Magier dort vorne auf der Bühne mit toten Augen auf die Karte in seiner Hand starrte; bereit, diese Schwarze Kunst für immer hinter sich zu lassen; bereit, jeden einzelnen der Menschen in diesem Raum zu opfern; bereit, die ganze Welt anzuzünden. Wenn er nur verstand, was geschehen war, was ich getan hatte. Wer ich war.

8

Ein Klopfen an der Tür weckte mich. Ich fuhr hoch und glaubte, eine laute Männerstimme zu hören, die meinen Namen rief, bevor sie die Tür aufbrachen. Für einen Moment war ich wieder zu Hause, sah die Madame unter dem Tisch kauern. Dann erst wurde mir klar, wo ich wirklich war. Mein Traum, eben noch eine zweite Haut, verschwand. Was ich geträumt habe? Nicht um mein Leben könnte ich es sagen. Aber das Träumen an sich war mir bewusst gewesen wie selten zuvor. Jeder von uns, glaube ich, geht ein Experiment mit der Zeit ein, sobald wir die Augen schließen. Wohin es uns tragen wird? In die Vergangenheit, die Zukunft, die Kindheit? Kinder unterscheiden nicht zwischen Wachen und Träumen. Wenn man in ihren Träumen aufgetaucht ist, fragen sie, was man dort zu suchen hatte. Sie sind mir unheimlich, aber sie haben recht.

Es klopfte noch einmal.

Zimmerservice, rief eine Stimme.

Siri war im Badezimmer, nahm ich an, denn das Bett neben mir war leer. Ebenso wie das riesige

Wohnzimmer, durch das man auf die verspiegelte Tür schaute, die man nur bemerkte, wenn man wusste, dass sie existierte. Ansonsten stand man davor und sah sich selbst dabei zu, wie man das Badezimmer suchte.

Eine Sekunde, rief ich. Aus dem Badezimmer hörte ich Wasser rauschen. Ich stand auf, fuhr in den Morgenmantel aus Seide und öffnete die Tür. Davor wartete ein Hotelpage – jung, glatt rasiert, tadelloser Anzug – und lächelte mich an.

Eine Nachricht für Sie, sagte er, *persönlich zu überbringen.*

Seine gepflegte Hand reichte mir ein Kuvert mit meinem handgeschriebenen Namen.

Danke, sagte ich und wollte die Tür schließen.

Ich muss auf eine Quittung bestehen. Der Absender hat dafür bezahlt.

Er hielt mir ein Klemmbrett hin.

Ich schaute ihn an. Er machte keine Anstalten zu gehen.

Sie müssen den Brief öffnen, sagte er, *erst dann ist der Empfang vollzogen.*

Verstehe, behauptete ich und riss das Kuvert auf. Ich sah nur den Absender und erstarrte: *Pavel.*

Der Page tat, als bemerkte er nichts.

Zufrieden?, fragte ich kühl und ließ das Kuvert in meinem Bademantel verschwinden.

Vollends, meine Dame, sagte er, deutete eine Verbeugung an. *Mein Name ist Phineas*, sagte er, *wenn Sie noch etwas brauchen, bin ich gleich um die Ecke.*

Er drehte sich um und verschwand.

Wer war das?, fragte Siri, als ich die Tür geschlossen hatte.

Sie trug den gleichen Bademantel wie ich, ihre nassen Haare mit einem Handtuch sanft massierend. Sie wirkte wie aus einer amerikanischen Romanze, in der am Ende geheiratet wird. Es war ein seltener Moment der Ruhe. Seit wir vor fünf Tagen angekommen waren, schien sie für nichts anderes mehr zu leben: essen, schlafen, spielen. Abends gingen wir in eines der Restaurants, zum ersten Mal in meinem Leben kostete ich Sushi und Austern, ich liebte das alles. Morgens schliefen wir lang. Dann legte sie mir ein Kleid raus, fragte mich nach den günstigen Zahlen des Tages. Und wir gewannen. Nicht jedes Mal. Aber oft genug, dass wir im Laufe des Abends einen Haufen Jetons hatten, die in dunklere, wertvollere gewechselt wurden, auf die andere Spieler neidisch schauten. Oft genug, dass ich bemerkte, wie die Croupiers uns anstarrten.

Nur der Zimmerservice, sagte ich. Ich würde den Brief erst lesen, wenn sie mich nicht beobachtete. Pavel war immer noch mein Geheimnis.

Sie kam nah an mich heran, duftete so gut. Ich bemerkte, dass sich etwas verändert hatte. Ihre Anwesenheit ging mir durch den Körper, erwärmte mich. Siri lächelte mich an, als wüsste sie von nichts, strich mir über die Wange. Ein Schauder lief mir von der Kopfhaut den Rücken hinunter. Sie wandte sich ihrem Telefon zu.

Diese Auktionen, sagte sie. *Es ist wie eine Sucht. Ich kann nicht mehr aufhören. Gestern habe ich zwölf Werke gekauft.*

Treibst du nicht die Preise nach oben?

Die sind sowieso ausgedacht.

Du bist wie König Midas. Alles, was du anfasst, wird zu Gold.

Wusstest du, dass Midas kein begnadeter Magier, sondern ein Trottel war mit Eselsohren, die ihm Apollo verpasste als Strafe für seine Dummheit? Beinahe verhungerte er an seiner Gabe und musste die Götter anflehen, sie zurückzunehmen. Mit dem hast du mich gerade verglichen?

Sie lachte, legte das Telefon weg. Betrachtete mich lange. Vor der bodentiefen Fensterscheibe ruhten die Türme von Las Vegas in der Morgensonne.

Hast du immer noch Angst?, fragte sie, *dass man dich entlarvt und verjagt?*

Mein halbes Leben bestand aus dieser Angst.

Wenn wir jetzt aufhören zu spielen, machen wir uns nur verdächtig.

Sie hatte recht. Nichts war auffälliger als eine Lügnerin, die plötzlich ehrlich wurde.

Wie viel haben wir jetzt?

Genug. Ein sorgenfreies Leben für uns beide, dafür reicht es. Aber wir könnten noch so viel mehr …

Ob sie etwas gegen uns in der Hand haben?

Sie lachte wieder.

Was willst du denn? Zurück ins alte Leben? Zum Zentrum und deinem Chef?

Bis du kamst, war alles einigermaßen in Ordnung.

Weißt du, was er geantwortet hat, als ich mich nach dir erkundigt habe?

Sie imitierte sein Schnaufen, seine atemlose Art zu sprechen.

Geld, Frau von Morgenstern. Stecken Sie ihr, wenn Sie mir diesen Ausdruck erlauben, stecken Sie unserer lieben Clara das Geld hinten und vorne rein, und sie wird alles tun, was Sie sagen.

Sie lachte über sich selbst.

Ich sagte: *Er sieht in anderen Menschen nur sich selbst.*

Und wenn er recht hätte: Wäre das so schlimm? Ist es nicht menschlich, mehr haben zu wollen, wenn man es kann?

Seit dem Magier habe ich genau davor Angst.

Er sollte lieber vor dir Angst haben. Und genau deshalb kannst du nicht mehr zurück.

Sie hatte recht: Ich konnte nicht mehr zurück. Ich drehte mich zu ihr um. Mit jeder weiteren Stunde, die wir zusammen waren, wurden wir zu einer Person. Wo sie begann und ich aufhörte, verschwamm.

Wir werden langsam eins, sagte sie, *wir passen zu gut.*

Sie kam auf mich zu. Ich wollte ihr sagen, dass sie mir zu nahe war, aber ich konnte nicht. Sie nahm mich in den Arm.

Alles wird gut, sagte sie wie zu einem Kind, und ich atmete ihren Duft ein, den Geruch einer Verheißung, wie damals in der Kneipe. Ein Moment, der sich jetzt wiederholte und der mir unendlich weit weg schien, wie mein ganzes altes Leben, wie die Sterne, aus denen ich gelesen hatte. Dann gab ich nach, fiel in ihre Arme, ließ mich halten und zum Bett bringen, wo wir eng nebeneinanderlagen und lange schwiegen.

Lass uns gehen, sagte sie schließlich. *Wir können überallhin! Wir können nach Mandalay oder Poyais, Monaco oder Tasmanien. Wir können im Goldenen Dreieck verschwinden, irgendwo hinter dem Mekong, wo uns niemand findet. Wir sind reich und frei.*

Das sagt mir alles nichts.

Wohin willst du dann?

Nach Hause.

Wo soll das sein?

Ich habe keine Ahnung.

Lass es uns zusammen herausfinden. Aber vorher spielen wir noch ein wenig, ja?, fragte sie nahe an meinem Ohr.

Ich nickte nur. Wollte, dass sie mich fest umschloss, nicht mehr losließ. Was war das für eine Sehnsucht? Jede Sekunde mit ihr in einem Raum stellte eine weitere Gewissheit auf den Kopf.

Dann zieh dir besser etwas an. Sie ließ mich frei und ging zum Ankleidezimmer neben dem Bett. *Die Kameras sind unerbittlich.*

Ab hier wird alles schemenhaft. Es war ein Rausch, den wir lebten, aber es gab nichts ohne einen gewissen Aufwand. Während Siri spielte und unsere Jetons verwaltete, lief ich durch die riesigen Säle und verwickelte Menschen in Gespräche, ließ sie glauben und Siri gewinnen. Ich werde Sie hier nicht mit den Einzelheiten langweilen, dem Erstaunen, dem Neid, der Sensation, die wir bald darstellten. Wichtig war nur, dass sich unser Glück herumsprach, man an uns glaubte. Und ich ab und zu, um nicht zu sehr aufzufallen, absichtlich falsch setzte und verlor. Trotzdem sammelten wir Unsummen. Jeden Abend fielen wir lachend in unsere Betten. Jeden Morgen kehrten wir zurück zum Spieltisch. Um mehr zu setzen. Mehr zu gewinnen. Immer ein Glas Champagner in der Hand. Wir teilten mit allen, die uns Glück wünschten. Niemand behelligte uns. Nur meine Großmutter sprach manchmal in Gedanken zu mir. Sie nannte Glücksspiel *des Teufels*, natürlich, wie fast alles, was Spaß machte oder die Wahrheit sprach. Einmal, so erinnerte ich mich plötzlich, als wir unsere Jetons zählten, hatte ich aus der Schule einen Artikel mitgebracht, den wir im Geschichtsunterricht diskutiert hatten. Darin wurde von der Märtyrerkanzlei erzählt, eine Stelle des Vatikans im 16. Jahrhundert, die Skelette aus den Katakomben Roms als christliche Märtyrer nach ganz Europa verkaufte. Die Geistlichen schufen fantasievolle Biografien und Zauberkräfte für die angeblichen Heiligen, die heute noch in Kirchen unserer Heimat standen. Die Kirche verdiente viel Geld damit, die Gemeinden auch, denn die Opfergaben schossen in die Höhe. Großmutter war außer sich und zerriss den Text vor meinen Augen. *Gier*, rief sie, *ausgerechnet!* Wenn sie mich jetzt sehen könnte, dachte ich. Dann spielte ich weiter. Bis ich den Mann sah, der sich an unseren Tisch gesellt hatte und uns nun genau gegenüberstand, ohne selbst zu spielen. Ich trug das blaue Kleid. Er trug eine blaue Krawatte, als hätte er sie darauf abgestimmt.

Wir gehen besser, sagte ich.

Hast du Hunger?, fragte Siri.

Er beobachtet uns. Ich wollte in Richtung des Mannes nicken, er aber war verschwunden.

Du wirst paranoid, sagte Siri, *bevor du wirklich reich bist. Ungewöhnliche Reihenfolge.*

Meine Damen, sagte eine Stimme auf Englisch hinter uns, und eine Hand legte sich auf meinen Arm, sanft und schwer zugleich. *Mein Name ist*, der Mann nannte ihn, aber ich vergaß ihn sofort wieder, ich war zu erschrocken. *Ich arbeite für dieses wunderbare Haus. Wenn Sie mich für einen kurzen Augenblick begleiten würden.*

Er machte einen Schritt zur Seite und wies uns den Weg Richtung Bar. Ich ging voraus, Siri hinter mir. *Durch diese Tür bitte*, sagte er, überholte uns und öffnete mit seiner Chipkarte eine der Sicherheitstüren, eine Treppe hinauf, bis sich vor uns eine Halle auftat, in der unzählige Tische mit unzähligen Bildschirmen standen. Menschen wie er dazwischen, Männer und Frauen, alle im Anzug, und vor ihnen das gesamte Casino abgebildet, jedes Display ein Hundertstel. *Wir sehen alles*, sagte er und geleitete uns in die Überwachungszentrale. Er brachte uns zum einzigen Platz, an dem kein Bildschirm stand. Wir setzten uns, den Raum nun im Rücken.

Ich dachte, wir unterhalten uns hier oben einmal in Ruhe. Wie lange spielen Sie schon Roulette, wenn ich fragen darf?

Siri fand als Erste ihre Sprache wieder.

Seit ein paar Tagen, sagte sie.

Dienstag. Oder Donnerstag?, sagte ich, *die zwei verwechsle ich immer.*

Die Zeitverschiebung, sagte sie, *macht es nicht einfacher.*

Er blieb unbewegt.

Roulette, sagte er, *ist ein vornehmes Spiel. Erfunden hat es der französische Mathematiker und Philosoph Blaise Pascal. Wissen Sie, warum es so erhaben ist gegenüber allen anderen Spielen hier?*

Weil es philosophisch ist?, sagte ich.

Weil es französisch ist?, sagte Siri.

Nein, er lächelte höflich und schüttelte den Kopf, *auch Poker hat mit einem Spiel namens Poque einen französischen Vorläufer, und Blackjack ist ein Abkömmling des alten Vingt et un.*

Interessant, sagte Siri.

Spannend, sagte ich.

Geradezu zerreißend, sagte Siri.

Roulette, meine Damen, er setzte sich auf und faltete die Hände auf dem Tisch, *ist etwas Besonderes, weil es reiner physikalischer Zufall ist, auch wenn dieser Ausdruck paradox sein mag; denn in der Physik ist nichts zufällig, alles folgt eindeutigen Ursa-*

chen und Regeln. Eine Kugel fällt auf genau das eine von 37 Feldern, wo ihre Energie sie hinbewegt, und nur wir Menschen mit unserer Sinnsuche machen daraus das Konzept Zufall, weil wir die eigentliche, innere Wirkung noch nicht verstehen, doch das führt zu weit. Siri neben mir wollte etwas sagen, er aber fuhr schon fort, *das Spiel Roulette jedenfalls, nicht der physikalische Vorgang, ist reiner Zufall. Und die Bank gewinnt immer, da die Gewinnquoten für die Wetten auf die mehrfachen Chancen so berechnet sind, als ob das Zéro nicht vorhanden wäre, als ob es nur 36 statt 37 Feldern gäbe. So beträgt der Bankvorteil bei den mehrfachen Chancen immer ein Siebenunddreißigstel, 2,7 Prozent, beim amerikanischen Roulette mit seiner Doppelnull sogar 5,4 Prozent. Wenn ein Roulettetisch nur lange genug läuft, gleichen sich alle Anomalien, alle Glückssträhnen irgendwann aus. Und eine stabile Provision fällt an uns ab für die Zeit, die es den Menschen vertreibt. Es ist also ein gerechtes, geradezu weises Spiel, weil es nicht gewonnen werden kann, einem Perpetuum mobile nahe. Roulette, meine Damen, ist perfekt.*

Er hatte sich bei diesem Vortrag kaum bewegt, uns nur abwechselnd in die Augen geschaut. Nun nahm er die Hände vor sein Gesicht, verbarg es einmal darin, rieb sich die Schläfen und schaute uns wieder an.

Es sei denn – und ich gebe zu, während meiner Zeit in diesem Haus ist das noch nicht vorgekommen, aber man kennt Gerüchte, nun – es sei denn: Jemand kommt und gewinnt an gleich mehreren Roulette-

tischen hintereinander so viel Geld, dass nicht nur die Bank ins Minus rutscht, sondern auch die anderen Spieler verunsichert werden und das Weite suchen, weil sich die enorme Ausbeute herumspricht und die Tische als abgefischt gelten, die Croupiers unaufmerksam werden und der Sicherheitschef sich einschalten muss. Dann gerät die Maschine ins Stocken. Die Kugel rollt nicht mehr rund. Rien ne va plus.

Er lächelte uns an, als hätte er eine Frage gestellt, die wir einfach beantworten konnten. Was genau hatte er gegen uns in der Hand? Was hatten sie auf den Monitoren gesehen?

Schon wieder ein Mann, sagte Siri, *der uns sagen will, was wir tun und lassen sollen.*

Immerhin ist er allwissend, sagte ich.

Denkt er jedenfalls.

Wie alle Männer.

Was wollen Sie von uns?, fragte Siri ihn. *Außer uns die fesselnde Geschichte Ihres Lieblingsspiels näherzubringen? Wir hatten einfach Glück. Ist das nicht der Grund, warum Menschen hierherkommen?*

Ich will Folgendes: Ihnen versichern, dass wir Sie sehen, sagte er, freundlicher denn je. *Dass wir jedem Trick, sei er noch so ausgefeilt, jeder Allianz mit dem Personal, jedem Betrug und jedem Diebstahl auf die Schliche kommen werden. Neulich hatte jemand ein ferngesteuertes Vibrationsinstrument in, sagen wir, einem sehr privaten Teil seines Körpers. Ein Komplize, der die Karten der Mitspieler am Pokertisch sehen konnte, gab ihm Signale. Wir sahen die Frequenzen auf unseren Messgeräten. Drehen Sie sich um. Schauen Sie auf den Monitor hier rechts.* Er zeigte auf das nächste Gerät, dessen Bild viergeteilt war, jeweils einen der Roulettetische zeigte, an denen wir vor einigen Minuten noch gespielt hatten. *Wir tauschen nun alle Croupiers aus*, sagte er, und wie auf sein Wort erschienen an den Tischen neue Menschen, genauso gekleidet wie die vorherigen, die für sie zurücktraten. Sie vollzogen einen fliegenden Wechsel, während die Kugel noch rollte. Es dauerte keine fünf Sekunden. *Wir werden sie eingehend befragen. Wir werden die Tische untersuchen. Wir werden die Geschäftsführung informieren. Und wir würden Sie beide gerne weiter als geschätzte Gäste bei uns wissen*, sagte er, und etwas in seiner Stimme ließ uns wieder zu ihm umdrehen. Vor ihm auf dem Tisch lagen jetzt zwei Zimmerkarten. Plötzlich erinnerte er mich an den Chef. Die vorgeschobene Freundlichkeit. Die Kälte. *Wir dachten, Sie sollten ab sofort die allerbeste Suite haben. Man kann sie normalerweise nicht buchen, sie liegt im obersten Stock und wird Ihnen gefallen.* Er schob die Karten zu uns herüber. *Und nun will ich Sie nicht länger von Ihrem Vergnügen abhalten.*

Er stand auf.

Ich fragte: *Glauben Sie an Horoskope?*

Er lächelte.

So wenig wie an Glück.

Im Rückblick sehe ich es ganz klar: Etwas veränderte sich in diesen Tagen. Man erkannte mich, obwohl ich hier fremd war. Ich fühlte mich beobachtet, und ich wusste nicht, ob es die Angestellten des Casinos waren, deren Blicke ich spürte, oder die Kameras, hinter denen sie saßen. Oder ob wirklich jemand hier war, der wusste, wer ich war. Ich versuchte, nicht daran zu denken. Doch immer, wenn ich mich beruhigt hatte, lächelte mich ohne Grund eine alte Dame an, nickte mir ein Croupier zu, als kennten wir uns schon seit Jahren. Ich sagte Siri nichts. Wir spielten weiter, ich streute in die richtigen Zahlen mehr falsche ein, niemand behelligte uns mehr. Bis zu dem Mann, der mich im Foyer des Theaters ansprach, als sie im Spielsalon war. Er war klein, schmal, sein Schnurrbart war dünn gestutzt. Er trug einen braunen Baumwollanzug, guter Stoff, ein paar Jahre zu lang getragen, eine lederne Handtasche um sein rechtes Handgelenk, die ihn wie einen Hund hinter sich herzuziehen schien, eine undurchdringliche, vieldeutige, unbeugsame Miene, wie von einem Menschen, der selbst nicht weiß, was er fühlt. Just als ich es geschafft hatte, diesen physiognomischen Indizienprozess zu beenden und an etwas anderes zu denken, an die aufgeschossenen Tulpen in den hohen Vasen, die auf der Bar standen, an die flirrende Musik, die über ihnen schwebte, oder an die Menschen, die sich um mich sammelten, nach Patschuli rochen und Geld und Einfluss und Problemen und Türenschlagen und dem unverwechselbaren Duft neuer Autos, als meine Gedanken eben in dieser Gesellschaft zerflossen wie eine Tablette in einem Glas Wasser, stand der

Mann vor mir und reichte mir die linke, nicht von der Handtasche beschwerte Hand.

Er sagte: *Wir kennen uns nicht, aber ich würde das gerne ändern.*

Ich fragte: *Wer sind Sie?*

Sie und ich, sagte er, als er mich sanft am Arm fasste und aus der Gesellschaft führte, in eine Ecke der Bar, wo niemand uns hören konnte. *Sie und ich* sagte er noch einmal mit seinem warmen, weichen Deutsch: *Wir gehören zusammen. Wir haben einiges zu besprechen.*

Was genau?, fragte ich und nahm einen Schluck aus meinem Glas, ohne den Blick von ihm abzuwenden.

Für wen arbeiten Sie?, fragte er.

Ich verstehe Sie nicht.

Es würde einiges erleichtern, wenn wir von Anfang an mit offenen Karten spielen.

Wie Sie wollen, antwortete ich. *Ich arbeite für mich selbst.*

Er lächelte ohne jede Wärme. Ich schaute mich um, ob ich Siri irgendwo entdeckte, die mich retten könnte vor diesem verwirrten Hochstapler. Doch ich war allein.

Niemand tut das, sagte er. *Alle arbeiten wir für jemanden.*

Ich verstand immer weniger und fühlte mich dennoch, als würde ich diesen Mann schon länger kennen. Als hätte ich von ihm geträumt, schon oft, ohne mich erinnern zu können. Da war wieder diese Angst, wie vor dem Magier, als würde ich von aller Welt beobachtet. Ich zitterte. Woher kam er, woher wusste er von mir? Ich fühlte mich wie in dieser Kneipe, als Siri mich verfolgt hatte, nur unter böseren Vorzeichen. Da endlich fiel mir ein, was ich im Kaufhaus zu ihr gesagt hatte, als der Detektiv sie ansprach: *Zu mir kommen nur die Irren, die sich einbilden, sie seien Geheimagenten oder Schlimmeres.* Hatte sie mir geglaubt, genug geglaubt, um ihn hier auftauchen zu lassen? Reichte ein solcher Satz inzwischen, um ganze Existenzen auf mich zu hetzen? Oder nahm ich schon jeden seltsamen Zufall für kosmischen Einfluss? Wurde ich langsam selbst zu meiner eigenen Kundin?

Wer schickt Sie?, fragte er. *Die Russen? Die anderen?*

Was wäre Ihnen lieber?, fragte ich, um Zeit zu gewinnen. *Ich habe viele Freunde hier.*

Vielleicht haben Ihre Freunde mich geschickt, um auf Sie aufzupassen.

Dann schicke ich Sie jetzt wieder weg.

Er zögerte. Mein Herz schlug laut. Ich leerte mein Glas und ließ ihn stehen, drehte mich nicht um, bis ich im Fahrstuhl war, flehte die Tür an, sich schneller zu schließen, rannte fast den Gang hinab ins Zimmer, schloss die Tür hinter mir ab. Lange lag ich auf dem Hotelbett und starrte ins Nichts, versuchte, an etwas Angenehmes zu denken, mich abzulenken. Doch meine Gedanken rasten unkontrolliert von mir weg.

Wie immer waren die Zimmer während unserer Abwesenheit tadellos aufgeräumt worden. Als ich viel zu arm dafür war, glaubte ich noch, dass es keinen romantischeren Ort geben könne als ein Hotelzimmer. Immer riecht es neu und frisch, als wäre man der erste Mensch dort, und gleichzeitig ist es voller Begebenheiten fremder Leben, unzähliger Nächte, wilder Geschichten. Sind wir nicht genau das: die Summe der Geschichten, die wir anderen erzählen? Der Mann mit seiner Handtasche, wo war er hergekommen, warteten dort noch mehr von seiner Sorte? Ausgeburt der Fantasie, Poltergeister, Hirngespinste. Hatte ich sie heraufbeschworen? Wenn er nur eine Geschichte war, meine Erfindung, hatte ich sie vielleicht eingefangen, bevor sie mehr Schaden verursachen konnte. Doch welche wäre die nächste? Unsere vormals achtlos verstreuten Kleider hingen auf Bügeln im Schrank. Alles war, als wären wir gerade erst angekommen. Hier war jeder Tag der erste. Ich dachte an meine Mutter. Wie oft sie fremde Kleider auf Bügel geschoben hatte. Wo sie jetzt wohl war? Wann hatte ich zuletzt von ihr gehört? Es mussten eher Jahre sein als Monate. Eine Postkarte, aus einem billigen Urlaub, glaube ich, hatte sie mir zuletzt geschickt. Dann hatten wir uns nichts mehr zu sagen. Ihre Vorwürfe, nicht mehr aus mir gemacht zu haben als eine Sternenleserin, machten mich stumm.

Da fiel mir das Kuvert wieder ein. Vor lauter Spielen und Gewinnen hatte ich nicht mehr daran gedacht. Ich kannte mich selbst nicht mehr, als sei meine Kugel einmal auf eine falsche Zahl gesprungen, *rien ne va plus*. Ich strich mein Kleid glatt, ging barfuß durchs Zimmer. In einer der Schubladen lag der Brief. Ganz unten stand sein Name: *Pavel*.

Liebe Clara,
Wie lange bist du nun weg? Das Zentrum hat geschlossen, niemand telefoniert mehr. Ausgerechnet dieser Ort war mal so etwas wie unser Zuhause. Wusstest du, dass Biber sich im Schlaf an den Händen halten, damit die Strömung sie nicht trennt? Es mag überraschend kommen, nach all den Jahren, aber: Du fehlst mir, wie ein Auge, wie ein Arm. Bitte schreib mir wenigstens. Ich weiß nicht mehr, was ich tun soll.
Dein Pavel

Ich ging an die Fensterfront, lehnte meine Stirn gegen das kühle Glas, schaute über die Stadt. Sie glitzerte und glomm wie dieses Plankton im nächtlichen Meer, das ich einmal als Kind im Fernsehen gesehen hatte und das mir seitdem als magischste Spezies überhaupt vorkam. So seltsam hier alles auch schien, war es doch echt. Das Plankton und diese Stadt waren beide nichts anderes, als sie vorgaben zu sein. Dies hier war, bei all seinem Betrug, ein sehr ehrlicher Ort. Und darüber sah man, von all dem Licht und Smog und Staub gedimmt, die Sterne, mit denen alles angefangen hatte. Wie sie da vor sich hin leuchteten, unbeeindruckt von allem, viel zu weit weg, um sich zu kümmern, erfüllten sie mich mit einer dunklen, abgrundtiefen Sehnsucht.

Ich las Pavels Brief noch einmal. Wie sehr hatte ich mir einmal gewünscht, nur ein einziges Mal solche Sätze von ihm zu hören. Jetzt war ich am anderen Ende der Welt und verzweifelte darüber, wie falsch es sich anfühlte. Wie falsch sich alles um mich herum anfühlte. Ich musste damit aufhören. Nur wie? Was würde ich Siri sagen? Sie musste jeden Moment hochkommen, abends wollte sie immer ausgehen. Der Gedanke an ein neues Kleid, ein neues Restaurant, einen Abend voller Zuneigung und Zukunftspläne machte mich unendlich müde. Ich schaute im Zimmer umher. Sah die Streichhölzer, mit denen man Dutzende Kerzen anzündete, während wir auswärts aßen, sodass die Suite bei unserer Rückkehr leuchtete. Ich riss eines an und hielt es unter den Brief, lief ins Bad, warf seine schwelenden Überreste in eines der drei Waschbecken und spülte sie weg.

Ich stellte mir vor, wie Siri hereinkam und mich fragte, was ich jetzt tun wollte.

Ich muss weg von hier, würde ich sagen. *Weg von diesem Ort, wo meine Lügen mich finden.*

Aber wo willst du hin?

Zu den Sternen. Ich habe so viel über sie geredet, ich will sie endlich wirklich sehen.

Aber Siri kam nicht. Sie war unten und spielte und spielte. Hatte mich vielleicht schon vergessen in ihrem Rausch. Da war er wieder, dieser Durst. Dieses ewige Zukurzkommen, egal, mit wie vielen Menschen man sich umgab. Und ich wusste, dass ich sofort meine Sachen packen und verschwinden musste. Es gab einen Menschen, zu dem ich zuerst musste. Er war die eine Chance, nach Hause zu kommen. Ich ging an die Schublade, in der sie das Bargeld aufbewahrte. Sie ließ sich kaum öffnen, so voll war sie. Ich stopfte Scheine in meinen Rucksack, schmiss eines der Kleider hinein, fuhr hinunter an die Rezeption. Siri war nirgends zu sehen.

Sie verlassen uns?, fragte die Frau.

Ich mache einen Ausflug.

Soll ich Ihrer Freundin etwas ausrichten?

Nein. Nur: Viel Glück.

Dann fuhr ich zum Flughafen. Auf dem Weg nahm ich mein Telefon in die Hand und schrieb meiner Mutter. Sie antwortete nicht.

Ich verstummte. Es war wieder einmal dunkel geworden über meiner Erzählung. Sie schaltete die Lampe an. Wir waren einander inzwischen vertraut, wir hielten die Stille aus. Eine Minute verging, bis sie fragte.

Was geschah dann?

Davon erzähle ich morgen. Ich bin müde.

Ich stand auf.

Warten Sie. Wir sind noch nicht fertig.

Womit?

Mit Ihnen. Ihrer Geschichte. Ich muss mehr wissen. Hat Siri alle Gewinne behalten? Woher wusste Pavel, wo Sie sind? Wohin sind Sie geflohen?

Dafür ist morgen Zeit.

Ich muss es jetzt wissen. Ich muss das alles verstehen.

Sie klang verzweifelt. So hatte sie noch nie mit mir geredet.

Warum muss immer alles einen Sinn ergeben? Ich selbst verstehe nicht alles, was passiert ist. Wie sollten Sie es?

Ich tat einen Schritt zur Tür, sie erhob sich, als wollte sie mich aufhalten.

Das ist mein Beruf. Ich muss Sie genauso gut kennen wie mich selbst. Erst dann kann ich Ihnen helfen.

Das ist hier keine Fernsehserie, deren Heldin misshandelt worden sein muss, damit sich ihre Wut erklärt. Millionen von Kindern wachsen auf wie ich. Aber nur ich sitze hier. Sie können graben und tauchen, Sie werden kein bequemes Trauma finden, kein verhängnisvolles Ereignis, was mich und meinen Fall erklärt. Niemand hat mich kaputt gemacht. Ich bin einfach, wie ich bin. Das habe ich Ihnen von Anfang an gesagt. Warum ist das so schwer zu ertragen?

Es geht nicht um mich. Es geht um Sie. Wer Sie sind.

Ich werde meine Claraheit niemals in Worte fassen können. Wie es ist, mir in die Haare zu fassen und meine Großmutter vor mir zu sehen. Wie ich mich selbst rieche, wenn ich aufwache. Was mir die Stelle zwischen den kleinsten zwei Zehen bedeutet, weil sie juckt, wenn es mir gut geht. Und deshalb ist Ihr Beruf vergebens. Ein Tropfen im Meer. Alles, was Sie von mir erfahren können, sind Geschichten. Das bin ich für Sie: die Summe der Geschichten, die ich Ihnen erzähle. Mehr nicht.

Sie können doch jetzt nicht alles als sinnlos darstellen. Dafür sind wir zu weit gekommen.

Ich schaute durch das Fenster hinter ihr in die Nacht. Eine einzelne Schneeflocke fiel, die ihr zu entgehen schien. Ich lächelte sie an und wusste, dass ich gut schlafen würde. Seit ich zu erzählen begonnen hatte, ging es immer besser. Keine Albträume mehr, keine Stunden des grübelnden Wachens, keine Gedanken an Pavel oder Morgenstern. So gut geschlafen hatte ich nicht mehr, seit ich ein Kind gewesen war.

9

Am nächsten Morgen erwachte ich und fand statt der Welt eine weiße Wand vor meinem Fenster. Der Schnee fiel so dicht, dass keine Flocke mehr zu erkennen war, nur ein Rauschen, wenn ich die Augen zusammenkniff und nah ans Fenster trat. Ich legte mich wieder hin und war zufrieden, doch hinter meinen geschlossenen Lidern tobte der Schneesturm weiter, bis ich lieber wieder die Augen öffnete und aus dem Fenster starrte.

Beim Frühstück sagte man mir, dass mein üblicher Termin bei ihr verschoben wurde. Offenbar musste erst die Zufahrtsstraße geräumt werden, bis wieder Autos nach oben gelangten. Statt frischer Brötchen gab es heute selbst gebackenes Brot, es schmeckte köstlich. Den Vormittag über saß ich vor dem Kamin, eine Decke über den Beinen, und hörte die anderen Gäste darüber diskutieren, ob es Zufall sein konnte, dass plötzlich so viel Schnee fiel, und wie lange man wohl ohne Nachschub auskam. Mein Komplize mit den wirren Haaren war nirgends zu sehen. Vielleicht hatte das Eintreffen des Schnees ihn verschreckt, vielleicht hatte er Angst vor mir bekommen. Die anderen waren freudig erregt wie Kinder, die sich auf eine Schneeballschlacht freuten, auch wenn sich niemand traute, nach draußen zu gehen. Am Nachmittag holte man mich zu ihr.

Statt mich wie sonst höflich zu bitten, mit meiner Erzählung fortzufahren, saß sie mir zuerst schweigend gegenüber. Heute standen Trockenblumen in der Vase. Die runde Lampe brannte schon, da durch das Fenster kaum Licht drang. Der Schnee fiel und fiel. Sie schien ihn ignorieren zu wollen, als wäre er nur eine Tapete, die jemand vor das Fenster hielt. Sie musterte mich, dann blätterte sie einige Unterlagen durch. Aufzeichnungen früherer Sitzungen, nahm ich an. Schließlich legte sie alles zur Seite und fragte: *Und was geschah dann?*

Ich hielt ihrem Blick stand.

Nichts Gutes.

Erzählen Sie es mir trotzdem.

Ich hatte Glück. Ich fuhr zum Flughafen, lief in die Halle und schaute auf die Abflüge. In wenigen Stunden ging ein Flug nach Hause.

Und Siri?

Ließ ich zurück. Unser Deal war erfüllt. Ich landete gegen Mittag in Deutschland. Als ich aus dem Flugzeug stieg, traf mich die Sonne wie eine Faust. Ich wurde mit einem großen Wagen direkt am Flughafen abgeholt. Als ich mein Telefon wieder anschaltete, wartete eine Nachricht meiner Mutter. Sie schrieb nur: Frag deinen Bruder, der weiß doch immer alles.

Ich kannte diesen Ton. Sie hatte mich aufgezogen, mich überleben lassen, mich zur Schule geschickt. Damit war ihre Pflicht getan. Ob sie zu meinem Bruder mehr Kontakt hatte? Immerhin wusste ich inzwischen wieder, wo ich ihn finden würde, wenn ich wirklich seinen Rat brauchte. Er hatte sich niedergelassen, ausgerechnet er.

Die Beraterin griff sich zwischen die Augen und rieb sich die Nasenwurzel, eine seltene Bewegung, ich verstummte. Sie beobachtete mich. Hinter ihr schob sich die Wand aus Schnee unmerklich nach links. Es war ein Wettbewerb, wer zuerst sprach.

Der Bruder also wieder, sagte sie leise, mehr zu sich selbst.

Geht es Ihnen gut?, fragte ich.

Diese Kälte, sagte sie lauter. *Sie kostet Kraft.*

Ich wollte Ihnen nur etwas zeigen, damit Sie mir glauben.

Das da draußen? Das waren Sie?

Ich zögerte. War das eine Fangfrage? Wenn ich bejahte, hielt sie mich für verrückt? Und wenn ich verneinte, war ich endgültig unglaubwürdig?

Nur zu, sagte sie. *Sprechen Sie es aus.*

Sie wollten einen Beweis. Da haben Sie ihn.

Wetter!

Sie rief das Wort fast. So laut war sie noch nie geworden. Ruhiger fuhr sie fort: *Reine Glückssache. Oder Sie kennen die richtige Voraussage. Haben gewartet, bis ein heftiger Umschwung bevorsteht, und mir dann davon erzählt. Das ist kein Beweis. Das ist eine klassische Korrelation. Ich will mehr. Wenn Sie magische Kräfte haben, beweisen Sie es mir.*

Wozu? Sie wissen längst alles. Wann sehen Sie endlich ein, dass für mich der Unterschied zwischen Lüge und Wahrheit, der ihnen so wichtig ist, nicht existiert? Was wir Realität nennen, ist nichts als ein Netz an Sinneseindrücken und unseren Interpretationen davon, von uns zu etwas Heiligem verklärt, um uns zu beruhigen. Wie jedes noch so feinmaschige Netz besteht es hauptsächlich aus Löchern. Und durch die schlüpfe ich.

Sie stand auf, wandte sich zum Fenster, atmete hörbar aus.

Glauben Sie das eigentlich wirklich?, fragte sie und drehte sich zu mir. *Sind wir tatsächlich nur die Summe unserer Geschichten? Können wir überhaupt nicht ehrlich sein?*

Bin ich nicht das beste Beispiel? Zeigt Ihre Arbeit nicht genau das?

Sie wollen wissen, was ich dazu denke?

Selbstverständlich.

Sie veränderte ihre Haltung, nahm Anlauf.

Was ich aus meiner Praxis sagen kann: Wir beobachten alles Geschehen in kleinen Sequenzen und Episoden, in denen wir Rollen zueinander einnehmen: Held, Täter, Rivale, Helfer, Lügner, Opfer, Richter, Freund, falscher Freund, Vater, Mutter, Sohn, Schwester, Verräter, Zeuge, Mentor, Parasit und immer so weiter. Diese Rollen bestehen nur in unseren

Köpfen, denn natürlich hat jeder Mensch sämtliche Anteile dessen in sich. In welcher Rolle sich jemand gerne sieht und in welcher nicht, verrät mir mehr über ihn oder sie als jede Beschreibung der anderen. Aber unsere Identität sind nicht die Geschichten, die wir selbst erzählen. Sondern die, von denen wir glauben, dass andere sie sich über uns erzählen. Wir spielen Rollen auf der Bühne ihres Bewusstseins. Wir entschlüsseln uns selbst wie ein unvollständiges Puzzle. Das sind wir.

Eine traurige Vorstellung.

Eine menschliche Vorstellung. Unsere einzige Idee von Identität bekommen wir im Spiegel der anderen. Zu wissen, wer man ist, es zweifelsfrei zu wissen, wäre göttlich.

Meine Großmutter sah das ähnlich. Gott war für sie alles, was man nicht wusste.

Und trotzdem haben Sie immer ein bisschen zu viel gewusst.

Vielleicht wurde ich als Baby vertauscht.

Ein Scherz, doch sie verzog keine Miene.

Gene und Erziehung bestimmen nur einen gewissen Teil unserer Identität. Ihre Familie klingt nicht allzu besonders.

Was wissen Sie über meine Familie?

Was Sie mir erzählt haben. Wenn es denn stimmt.

Nun, was glauben Sie? Dass ich sie erfunden habe?

Sie wären nicht die Erste, die vor mir sitzt und lieber eine neue Familie erfindet, als die traurige Wahr-

heit zu erzählen. Ihre scheint jedenfalls sehr diskret zu leben.

Sie haben wieder nachgeforscht?

Was glauben Sie, von wie vielen reichen verschollenen Vätern ich schon gehört habe. Wie viele Stammbäume geheimnisvoll im Nichts verschwinden. Wie viele sich zu Waisenkindern gemacht haben.

Sie haben recht: Vielleicht bin ich nur ein Mittelschichtkind, das sich ein bisschen Mitleid erschleicht mit seiner tragischen Migrationsgeschichte, versehrt von Krieg und Flucht und Fremdheit. Oder es ist genau andersrum: Bin ich nur ein armes Etwas, was sich ein bisschen interessanter, ein bisschen reich lügt? Was glauben Sie?

Sie antwortete nicht. Schien mich mit ihrem Blick vollständig erfassen zu wollen. Ich fuhr fort.

Was bin ich schon, solange Sie mir nicht glauben? Wenn ich auf der Bühne Ihres Bewusstseins nur halb erscheine, nur die überprüfbaren, plausiblen Fakten gut genug sind, was bleibt dann noch?

Sie wartete, bevor sie etwas erwiderte.

Kann es sein, dass Sie gar nicht um Ihrer selbst willen hier sind? Sondern wegen mir. Um mich zu verwirren, bis ich gar nichts mehr glaube.

Genau das Gegenteil ist wahr. Ich will wirklich, dass Sie mir glauben. Nicht nur, was Ihnen einleuchtet oder was sich überprüfen lässt. Sondern alles. Jedes Wort. Auch, was hier passiert. Besonders, was hier passiert.

Stumm saß sie vor mir. Draußen tobte der Schnee,

das Institut um uns schien eingefroren. Nur sie erwachte wieder zum Leben.

Deshalb sind Sie hier? Sie wollen mir tatsächlich weismachen, dass ... Sie alles erschaffen können? Gewinne im Casino? Erwiderte Liebe? Sogar einen Schneesturm?

Sie war nun richtig in Fahrt.

Sie bauen ein riesiges Kartenhaus aus Wörtern, aus denen man jederzeit eine der unteren Karten ziehen kann. Dann stürzt alles ein. Wie immer Sie es nennen, was Sie tun: Ich will es mit eigenen Augen sehen. Oder es existiert für mich nicht.

Wenn Sie unbedingt wollen. Kommen Sie mit. Ich stand auf. Sie zögerte. *Kommen Sie mit. Ihnen passiert nichts.*

Langsam folgte sie mir auf den Gang, die Freitreppe halb hinunter ins Atrium. Einige Gäste saßen vor der riesigen Fensterfront, auf Sofas oder Sesseln, den Blick ins weiße Tal gerichtet. Der Kamin wärmte ihre Rücken, Klaviermusik perlte aus den in den Wänden versteckten Boxen. Ich suchte den Raum nach ihm ab. Sie stand dicht hinter mir, das spürte ich. Ich wollte mich schon umdrehen und ihr sagen, dass sie uns Zutritt zu einem Zimmer würde verschaffen müssen, da bemerkte ich seinen Blick. Er war aus Richtung der Wohnräume gekommen, hatte uns zuerst gesehen und war stehen geblieben. Ich sah ihm in die Augen.

Es ist so weit, sagte ich leise, aber deutlich genug, dass er meine Lippen lesen konnte.

Was?, fragte sie.

Er nickte, drehte sich um und ging schnell dorthin zurück, woher er gekommen war.

Wohin geht er?

In sein Zimmer. Er wird allen zeigen, was hier wirklich gespielt wird. Ich ging die Treppe weiter hinunter. *Es wäre eventuell hilfreich, gleich etwas Unterstützung zu haben. Zwei Männer, für den Notfall.*

Wir blieben am Fuß der Treppe stehen. Einige Plätze waren besetzt. Die meisten schrieben tatsächlich. Manche starrten auch nur auf ihr Papier.

Warum stehen wir hier?

Wir warten.

Worauf?

Dass er anfängt, sein Zimmer zu durchsuchen. Geben Sie ihm noch eine Minute. Sie werden gleich verstehen. Aber holen Sie bitte jemand dazu.

Sie ging Richtung Rezeption, kam in Begleitung zweier Betreuer zurück. Wir bogen in den Gang ein und hielten auf das letzte Zimmer zu. Vor der Tür blieb ich stehen und ließ ihr den Vortritt. Von drinnen kamen dumpfe Geräusche. Als rücke jemand Mobiliar. Sie zögerte.

Was erwartet uns dadrin?

Er sucht die Kameras.

Sie wechselte einen Blick mit den Betreuern.

So etwas gibt es hier nicht.

Von innen polterte ein Schlag.

Wir gehen rein, sagte sie.

Einer der Männer drückte die Klinke herunter, die Tür war verschlossen. Er klopfte. Die Geräusche hörten auf.

Machen Sie bitte die Tür auf, rief der Mann, *zu ihrer eigenen Sicherheit.*

Lügner!, schrie es von drinnen. *Schweine! Wahnsinnige! Euch lasse ich nirgendwo rein. Ich weiß jetzt alles!*

Der Betreuer zog einen Schlüsselbund, fand den Generalschlüssel und öffnete die Tür. Innen stand mein Freund, einen Hammer in der Hand, vor dem bodentiefen Spiegel, der ihn verdoppelte, sodass er in seinem Trainingsanzug wirkte wie zwei zu groß geratene Zwillingskinder. Den Rest der Einrichtung hatte er auseinandergenommen: Die Stehlampe lag verkrümmt auf dem Boden, ihr runder Kopf ein Scherbenhaufen, die Glühbirne seltsamerweise intakt.

Sie haben uns entdeckt, sagte ich zu ihm.

Er starrte mich an.

Es ist besser zu kooperieren, sagte ich. *Wir haben keine Chance.*

Er lachte auf. Die beiden Männer machten einen Schritt auf ihn zu. Er und der Spiegel hoben den Hammer.

Herr Aschermann, sagte die Beraterin mit ihrer sanften, klaren Stimme. *Bitte hören Sie auf mit diesem Unsinn. Ich weiß nicht genau, was Sie suchen, aber Sie werden es nicht finden. Nicht in der Lampe, nicht hinter dem Spiegel. Es gibt hier keine Kameras.*

Sie werden nicht überwacht. Das hier ist kein Panoptikum.

Bei ihren Worten hatte er sich zu seinem Zwilling gedreht, betrachtete sich jetzt selbst, den Hammer immer noch erhoben. Die beiden Männer waren bereit, ihn zu greifen, wenn er es zuließ, dahinter die Beraterin, ihre Hände erhoben, um zu zeigen, dass sie auf seiner Seite war, daneben ich, regungslos. Er sah mich im Spiegel an, und mein Spiegelbild befahl ihm unmerklich, es konnte auch ein Lichtreflex gewesen sein, ein Streifen Sonne, von einer Uhr zurückgeworfen, oder ein Blinzeln, ein geheimtes Signal, lange vorher ausgemacht, wer wusste das schon.

Er holte aus, und bevor die Männer nach vorne stürzen und ihm in den Arm fallen konnten, schlug er mit all seiner Kraft in die Mitte des Spiegels, wo vorher ihr Gesicht gewesen war. Die Männer wichen zurück, der Hammer fiel, und kaum war das silberne Feuerwerk verklungen, sahen wir in das Loch hinter dem Glas, wo eine Wand war, was auch sonst – eine magische Tür wohin? Aber da waren auch, niemand konnte es leugnen, drei Aushöhlungen, jede so groß wie ein Menschenschädel, und darin befanden sich, gut sichtbar, jeweils ein weiterer runder Spiegel, eine Linse, die Linse einer Kamera. Drei tote Augen, die uns nun anstarrten, plötzlich ihres Lides beraubt, nackt und schutzlos, aber so selbstverständlich, als wären wir die Eindringlinge in ihre Welt und würden sie beobachten, und das waren wir ja auch, dachte ich. Wir sollten nicht hier sein, niemand von uns. Wer sah uns wohl vom anderen Ende zu?

Ich wusste es, flüsterte er und kniete sich vor eine der Kameras, schnitt sich beim Abstützen in die Finger, merkte es nicht. Die Beraterin neben mir war erstarrt. Die beiden Männer kamen zu Bewusstsein, packten ihn von hinten an den Schultern. Er ließ es mit sich geschehen. Das Glas knirschte unter den schweren Schritten der drei Männer, ich trat einen Schritt zur Seite, damit sie durch die Tür kamen. *Ich wusste es*, sagte er noch einmal, vielleicht zu mir, vielleicht zu jemand anderem, als sie ihn aus dem Zimmer brachten. Die Beraterin und ich blieben zurück. Sie schwieg und betrachtete nun selbst die Kameras, ging in die Hocke, doch stützte sie sich nicht ab, legte die Hände auf die Oberschenkel und hielt die Balance, näherte sich einer Linse bis auf wenige Zentimeter.

Das kann nicht sein, sagte sie.

Es wird sich rumsprechen.

Noch hat es niemand gesehen außer uns.

Und den zwei Männern.

Ich rede mit ihnen.

Glauben Sie, das nutzt etwas? Dass Sie das Geheimnis einfangen und in Quarantäne sperren können? In einer Einrichtung wie dieser, wo alle den ganzen Tag nichts anderes tun, als zu erzählen, sich zu langweilen und mehr zu erzählen?

Sie reagierte nicht.

Erklären Sie mir das, sagte sie schließlich zu den Kameras.

Ich trat einen Schritt auf sie zu, wollte meine Hand auf ihre Schulter legen, jetzt, da sie so schutzlos, so verletzlich war, klein und weich und aufgeraut von den letzten Sekunden. Doch sie wich vor mir zurück.

Er hat daran geglaubt, sagte ich. *Also ist es wahr geworden. Wie ich es Ihnen gesagt habe.*

Sie richtete sich auf.

Es gibt sehr viele Gründe, warum diese Kameras hier sind, sagte sie.

Und einen sehr einfachen.

Sie schüttelte den Kopf, müde, kaum überzeugt von der Geste. Sie sah aus wie eine Person, die immer brav zur Arbeit und abends nach Hause gegangen war, in ihre Wohnung in einem großen Mietshaus im vierten Stock, und plötzlich, nach Jahrzehnten der Verlässlichkeit die Wohnzimmerwand berührte und feststellen musste, dass sie zerbröckelte, dass sich ihr Zuhause unter ihren Füßen auflöste, dass ihre Wirklichkeit nur aus Lebkuchen bestand und sie sich im Häuschen der Hexe wiederfand, in ein Märchen fiel, in dem alles aus Zuckerguss war; süß, aber zerbrechlich. Ich konnte sehen, wie etwas in ihr einstürzte und etwas Neues begann, etwas Furchtbares und Wundervolles. Sie wehrte sich dagegen. Doch es war zu spät. Zum ersten Mal, seit ich hier war, schien sie kraftlos, fand kein Wort mehr. Etwas war über sie gekommen. Als sie sich umdrehte und mich einfach stehen ließ, sah ich es in ihrem Gesicht.

Sie hatte begonnen, mir zu glauben.

10

Das Zentrum lag so früh noch still. In fünf Reihen standen die Tische, jeweils fünf nebeneinander, auf jedem ein Bildschirm, davor Tastatur, Maus, Telefon, Kabel und die Fesseln. Ich suchte nach Zeichen für intelligentes Leben, doch keine der Studentinnen war zu sehen, keines der Geräte blinkte. Ich wollte schon wieder gehen, da hörte ich Stimmen aus dem Treppenhaus. Ich erkannte die des Chefs, der auf jemanden einredete. Vorsichtig ging ich bis zur Glastür, auf die ein riesiges Yin und Yang geklebt war. Auf der Hälfte der Treppe stand er mit einer der Studentinnen, hatte ihr seine Hand auf die Schulter gelegt. Ich kannte die Haltung.

Glaub mir, sie kommt zurück, sagte er.

Aber wieso ist sie weg und wohin überhaupt?

Es war eine derjenigen, die schon lange hier waren. Sie hatte mich manchmal beobachtet, als wolle sie von mir lernen. Sie schien den Tränen nahe.

Clara war schon immer ein Freigeist, sagte er. *Und dann kam neulich diese Frau hierher, schön und reich. Sie fragte so eindringlich nach ihr, dass ich ihr sagen musste, wo sie wohnt. Mit ihr ist Clara weggegangen.*

Also meinst du, es geht ihr gut?

Natürlich geht es ihr gut. Wir schreiben uns täglich.

Die Studentin begann zu weinen. Auch ich spürte, wie mein Blick sich verschleierte. Was erzählte er da?

Menschen wie Clara sind nicht dafür gemacht, zufrieden auf einer Bank zu sitzen und auf den See zu schauen, bis sie alt sind. Sie sind dazu gemacht, ins Wasser zu gehen und zu tauchen. Sie ist auf einer Reise, deren Ziel nicht einmal sie kennt. Doch das muss uns nicht sorgen. Wir sind hier sicher.

Selbst jetzt, nach allem, was passiert war, sehnte ich mich danach, dass er recht hatte. Dass ich hierher zurückkonnte, jeden Tag die Fesseln aufsetzen und von den Sternen erzählen. Ich wollte ein Zuhause, mehr als alles andere, und wenn ich ehrlich war, war das Zentrum das Einzige, was ich jemals gekannt hatte.

Ich schluckte alles hinunter und trat durch die Tür, bevor er weitermachen konnte.

Clara!

Er ließ sich nichts anmerken.

Lass uns bitte allein, sagte ich zu der Studentin, die mich nur anstarrte. Ich wollte ihn nach Pavel fragen. Wo war er? Entweder er hasste mich, weil ich ihn einfach zurückgelassen hatte. Oder er bereitete einen neuen Angriff vor, einen größeren Liebesbeweis. Ich wusste nicht, was schlimmer war. Es tat weh, so oder so. Ich wollte fragen, ob es ihm gut ging. Doch der Chef war schneller.

Clara. Komm mit nach oben, es ist alles fertig.

Er winkte mich mit sich, schon im Umdrehen, und schob gleichzeitig die Studentin von sich weg. Ich folgte ihm, die Treppen hinauf. Ich war hier, um ihm die Schuld zu geben, zumindest einen Teil. Wenigstens einmal die Wahrheit auszusprechen. Doch schon auf dem Weg zum Zentrum waren mir die Wörter, die ich auf dem Flug vorbereitet hatte, entfallen. War das, was ich zu sagen hatte, überhaupt wichtig? Alle meine Gedanken schienen von mir wegzutreiben.

Wie gut, dass du zurück bist! Wir haben schon Dutzende Kunden, Clara, die kommen überhaupt nicht zurecht sonst, wir hatten den oberen Absatz erreicht, die Glastür, die vorletzte Woche noch blind gewesen war und auf der jetzt in roten Lettern AGENTUR FÜR AUSREDEN stand. *Alle verfügbaren Kräfte arbeiten jetzt hier oben, du natürlich auch, sobald du dich erholt hast.* Er stieß die Türe auf, wir betraten das Großraumbüro dahinter, das dem unten sehr ähnlich sah. Tische, Telefone, gebeugte Köpfe. Manche erkannte ich. Sie sprachen konzentriert in ihre Fesseln. Die Fenster waren geschlossen. Eine Klimaanlage versuchte surrend, dem ungewöhnlich warmen Wetter etwas entgegenzusetzen.

Wir bieten drei Pakete an: eine kurze Beratung inklusive dreier Ideen. Ein ausführliches Briefing auf Basis eines Rollenspiels, bei dem sie ihre Version üben. Und natürlich unsere Premium-Variante mit variabel zu bestimmenden Dienstleistungen inklusive 24-Stunden-Erreichbarkeit für ihre Alibi-Strategie. Ist ein lukrativeres Geschäft als die Sterne, Clara, glaub mir.

Der Chef lauschte den Arbeiten, drehte sich zufrieden zu mir um und setzte sein besorgtes Gesicht auf. Seine Hand berührte meinen Arm.

Diese Frau Morgenstern neulich, hat die dich eigentlich aufgesucht?

Hast du ihr meine Adresse verraten?

Selbstverständlich nicht. Ich habe sie ihr verkauft. Sie hat das hier alles finanziert. Sie ist meine Teilhaberin. Ohne sie keine Agentur. Habt ihr euch gut verstanden? Ist das nicht ein Grund, hier wieder anzufangen?

Ich sagte nichts.

Musst du nicht jetzt entscheiden, Clara. Wenn dir deine Abenteuer mit dieser Frau wichtiger sind als deine alten Freunde, akzeptieren wir das.

Die Abenteuer sind vorbei.

Aber Geld kannst du noch aus ihr rausquetschen, oder? Darin bist du doch gut: Vertrauen gegen Geld zu tauschen. Du willst doch jetzt nicht etwa damit aufhören, wo ich dich so dringend brauche?

Er blieb völlig ruhig bei diesen Worten, während ich verkrampfte vor Wut.

Es geht nicht um Geld.

Natürlich, Clara. Ist es dir noch nie gegangen. Deshalb tauchst du auch genau dann hier auf, wenn ich lukrative Jobs zu vergeben habe. Kommst wieder an, als hättest du es gerochen. Wahrscheinlich warst du noch nicht einmal bei Pavel.

Wo ist er? Zu Hause?

Er ist im Krankenhaus. Knapp überlebt.

Die Zeit blieb stehen. Die Wut verwandelte sich in Angst. Der Krampf griff auf meinen ganzen Körper über.

Du bist zu spät, Clara, wie so oft. Er ist gesprungen, gestern, hier vom Dach. Ich dachte, du wüsstest es, wo ihr doch so eng wart, oder war das auch nur Täuschung? Ich schreibe dir das Krankenhaus auf. Er hat wahrscheinlich schon nach dir gefragt. Er hat ja nur noch von dir gesprochen. Leider warst du nicht hier. Und ich konnte dem Armen ja auch nicht sagen, wann du wiederkommst. Und ob überhaupt.

Ich nahm den Zettel entgegen. Der Chef hörte nicht auf zu reden.

Unfassbares Glück hat er gehabt. Unkraut vergeht eben nicht. Sag ihm beste Grüße. Und melde dich, wenn du seinen Platz hier einnehmen willst. Keine Sterne mehr, keine Zahlen, nur noch der reine Stoff. Hast du davon nicht immer geträumt, Clara?

Ich stand regungslos da, starrte auf das Papier. Er nahm mein Schweigen als Abweisung.

Ich würde mir an deiner Stelle jedenfalls gut überlegen, was du jetzt machst, Clara. Heutzutage verbreiten sich ja die schlimmsten Gerüchte im Handumdrehen. Ein ehemaliger Arbeitgeber, der seine Arbeitsräume verantwortungsvoll im Auge behält, hat mehr als genug in der Hand, um dein Leben sehr unangenehm zu machen. Aufzeichnungen von Anrufen. Bilder. Videos. Was man daraus heute alles basteln kann. Ekelhafte Sachen.

Er legte mir eine Hand auf den Rücken, wie früher.

Aber jetzt geh erst mal zu ihm. Mach ihn wieder gesund. Und danach wisst ihr ja, wo ich bin.

Im Krankenhaus irrte ich durch die Gänge, alles sah gleich aus, die Türen öffneten sich automatisch, niemand beachtete mich. Dann fand ich sein Zimmer. Es war weiß, rein, wie die Urversion aller Zimmer, bevor sie von menschlichem Leben verwüstet worden waren. Darin zwei Betten, in einem Pavel. Er sah härter aus und zugleich verletzlicher, die Augen tief in den Höhlen. Sein Kopf war eine weiße Kugel aus Verband, die Decke bis zur Brust, als hätte er keinen Körper mehr. Aber er lebte.

Setz dich ruhig, sagte er, als er mich sah. Er wirkte so wenig überrascht, dass ich erschrak.

Was ist denn passiert?

Ich weiß nicht, ob ich der Richtige bin, diese Frage zu beantworten.

Er schwieg eine Weile.

Ich bin gesprungen. Acht Stockwerke tief. Bin aufgeprallt. Auf den Asphalt. Ich war tot. Dann bin ich im Krankenhaus aufgewacht. Dazwischen ...

Pavel stockte. Sein Zimmernachbar stöhnte. Er lag, eingepackt von Kopf bis Fuß in Verbände, mit noch mehr, noch bunteren Schläuchen, die in diesen

Kokon hinein- und wieder hinausführten, im zweiten Bett an der Tür.

War es so, wie sie sagen?, fragte ich. *Dein Leben als Film vor deinem inneren Auge*?

Er schluckte, schien nach Worten zu suchen, die ihm entglitten. Seine Augen huschten über den Boden des Krankenzimmers.

Nein, sagte er schließlich. *Kein Film. Also doch, nur kurz. Und dann ein langer Abspann. Ein Text, der vor mir ablief. Als ob mir jemand etwas beibringen wollte. Oder mich warnen.*

Wovor? Was stand da?

Erst lief mein Leben ab, genau so, wie es war, meine Jugend, die Armee, die Flucht, die Grenze, Deutschland, schließlich das Zentrum.

Er atmete schwer.

Plötzlich fiel ich, dann wurde alles schwarz. Und der Abspann begann.

Niemals hatten wir darüber geredet, über unser Vorher, sein Geheimnis. Es wäre zu gefährlich gewesen.

Was stand im Abspann?

Ich selbst, mein Leben, meine Existenz, aber nicht als Geschichte. Sondern als Struktur. Die ersten Worte waren: Ich bin. *Nicht:* Ich bin gewesen. *Da wusste ich: Ich lebte noch, wenn auch nur von einem seidenen Faden gehalten, wie man so sagt.*

Er streckte die Hand aus, um einen Schluck Wasser zu trinken, brauchte ewig dafür. Leise begann er zu weinen.

Warum war ich dort oben, Clara? Was habe ich dort gemacht? Warum tust du mir das an?

Ich nahm seine Hand. Sie war weich und warm, wie an unserem ersten Tag im Auto.

Was hat das mit mir zu tun?

Alles, sagte er. *Seit ein paar Wochen hat alles nur noch mit dir zu tun.*

Aber deshalb springt man doch nicht?

Wir schwiegen. Der Zimmernachbar bewegte sich, bäumte sich unter den Verbänden sanft auf, als könne er nicht glauben, was er da hörte.

Wieso bin ich nicht gestorben?, fragte Pavel. *Acht Stockwerke, kopfüber. Das wollte mir der Abspann sagen: Du müsstest tot sein. Im Rettungswagen war es so weit, ich glitt hinüber, was immer das bedeutet. Ich sah meinen Film bis zum Abspann, doch hörte er nicht auf. Warum nicht?*

Ich schwieg. Er weinte leise, dann sammelte er sich. Wischte sich die Tränen vom Gesicht. Schaute mich anders an.

Als du mit der Morgenstern-Geschichte angekommen bist, dachte ich, dass du wahnsinnig geworden bist.

Und heute?

Glaube ich nur noch, dass du an allem schuld bist.

Wie kommst du darauf?

Weil du zu weit gegangen bist. Eine Lüge zu weit. Du wolltest hier raus, raus aus den Märchen, die wir am Telefon erzählen, raus aus der Vorstadt. Du wolltest mehr sein, als du bist. Jetzt bekommst du die Quittung, und was fällt dir dazu ein? Nur mehr Lügen.

Ein Gerät, das an den anderen Mann angeschlossen war, fing plötzlich heftig und schnell zu piepsen an. Er lag völlig regungslos da.

Pavel drehte sich ängstlich zu dem Mann um, dann schaute er mich an.

Ich sagte: *Seinem Herzen fehlt der elektrische Impuls zu schlagen. Er bräuchte Adenosin, intravenös, um die elektrischen Signale im Herzen einmal ganz auszusetzen, damit es von alleine wieder zu schlagen beginnt.*

Woher weißt du das?, fragte er mich. Ich wunderte mich nicht mehr über mich selbst.

Vielleicht war ich in einem früheren Leben Ärztin, antwortete ich.

Das Piepsen hielt an. Der Mann rührte sich nicht. Herzstillstand.

Los, sagte Pavel, *lüg mich an. Sag mir, dass er überlebt.*

Er überlebt.

Überzeugender!

Er wird überleben, weil sein Nervensystem …

Gib dir mehr Mühe!

Die Kälte in seiner Stimme stach wie eine Nadel in meinen Bauch. Ich stand auf und ging zur Tür. Ich musste hier raus.

Er wird überleben, sagte ich, *ganz sicher!*

Ich glaube dir kein Wort mehr, schleuderte er heraus, sein Gesicht verzerrt. *Soll er verrecken, ich kann nicht anders. Ich glaube dir nie wieder irgendwas!*

Den Gang hinunter sah ich eine Ärztin und eine Schwester. Ich musste fliehen, weg von Pavel, weg von allem, vor allem von mir.

Mach es gut, Sascha, sagte ich.

So verließ ich ihn.

Als ich auf den Flur trat, wusste ich nicht mehr, was ich fühlen sollte. Der verletzte Mann da drinnen war mir vertraut, also sorgte ich mich um ihn. Doch das Gefühl, das mich all die Jahre gequält hatte, diese schreiende Ungerechtigkeit, dass ich ihn zum Leben brauchte und er mich nicht, war vorbei. Was mich an ihn gefesselt hatte, ich konnte es kaum mehr sagen. So lange hatte ich gelitten, nur um ihn jetzt weinend zurückzulassen. Ich wusste nur noch eines: Die alten Regeln galten nicht mehr. So war die Welt eben. Freundinnen wurden über Nacht zu Feinden und entschieden sich dann, auf den Mond umzusiedeln. Das Wasser konnte knapp werden, während dein Haus vom Hochwasser zerstört wurde. Das Dach konnte übers Meer segeln und einer Schildkröte als Wohnung dienen. Wenn du die richtige Pille nimmst, konnte der Tag als Freitag beginnen und als Montag enden. Alles war sehr ernst und sehr lustig zugleich. Ein Mann konnte im Fernsehen den Präsidenten spielen und deshalb Präsident werden. Die Pole konnten schmelzen, die Gletscher ebenso. Alle wussten davon und würden doch nichts tun.

Rauchen kann töten, macht aber auch schön. Wahr ist, was gefällt. Alles spielt verrückt. Ich war nur ein besonders hässlicher Auswuchs.

Aber ich würde es wieder in Ordnung bringen. Ich würde mich selbst in Ordnung bringen. Ich ging zum Stationszimmer, dessen Tür das herausstürzende Personal offen gelassen hatte. Ebenso offen stand der Medikamentenschrank. Als hätte ich mein Leben lang nichts anderes gemacht, öffnete ich eine Schublade, griff zwei Packungen heraus. Schloss den Schrank, ging aus dem Zimmer, verließ das Krankenhaus.

Ich frage mich, ob Sie hier viel mit Selbstmord zu tun haben? Sie schütteln den Kopf. Natürlich nicht. Die Leute hier haben Geld, die kaufen sich einen Ausweg. Wir anderen sparen uns lieber selbst ein. Wann haben Sie das letzte Mal an Selbstmord gedacht? Wieder Kopfschütteln. Dachte ich mir. Wir tun gerne so, als wäre die Beendigung der eigenen Existenz für die allermeisten Exemplare der Spezies unvorstellbar. Ich glaube, das Gegenteil ist wahr. Jeder Mensch denkt an Selbstmord, täglich, manche stündlich. Das Kappen der Leine zum Festland ist eine so simple Maßnahme, der Ozean des Nichts so weit und endgültig. Aller Schmerz, alle Angst, alle Fragen mit einem Mal mutig sein vorbei. Wir wären dumm, zögen wir es nicht immer wieder in Betracht.

Ich nahm die Bahn, wurde nicht kontrolliert, ging nach Hause. Klopfte an die Tür der Madame Niemand öffnete mir. Ich klopfte immer weiter. Bis eine andere Nachbarin den Flur entlangging. Sie kam mir bekannt vor, aber wir hatten noch nie miteinander gesprochen, so wie ich mit niemandem im Haus außer der Madame gesprochen hatte.

Die Frau ist längst weg, sagte sie. *Haben sie abgeholt. Ins Heim. Wurde auch Zeit. Wurde vor dem Haus aufgegriffen, ganz verdreckt. Arme Seele.*

Ich schaute sie fassungslos an. Einmal, für einen einen einzigen Menschen hatte ich Verantwortung übernommen, nur ein kleines bisschen. Und genau diesen Menschen hatte ich enttäuscht. Ich versuchte, mir nicht vorzustellen, wie die Madame mit wirren Haaren und nackten Füßen auf der Straße stand, unterkühlt in einen Krankenwagen geladen wurde, schließlich in einem Heim verschwand. Ich verfluchte die Bilder in meinem Kopf, die ich sonst so gerne hervorgerufen hatte; diesen Muskel namens Fantasie, der mich jetzt quälte. Schaute sie aus dem Fenster und versuchte, sich zu erinnern? Wusste sie noch, wer ich war? Vielleicht war es besser, sie hatte mich und meinen Verrat vergessen.

Es hat sich ja niemand um sie gekümmert, sagte die Frau und ging auf ihre Tür zu. Ich blieb vor Madames Wohnung stehen. Wusste nicht, was ich sagen sollte. Die Nachbarin warf mir einen abschätzigen Blick zu, doch da war noch etwas anderes, als sie ihre Tür aufschloss, etwas Schuldbewusstes, Geheimnisvolles. Sie verbarg etwas vor mir, das konnte ich schmecken, bitter auf der Zunge, also machte ich ein paar Schritte auf sie zu.

Warten Sie, rief ich, doch sie war schon durch die

Tür geschlüpft, und da wurde mir klar, woher ich sie kannte. Sie hatte der Madame manchmal ein paar Sachen vorbeigebracht, ihre Männer waren früher befreundet gewesen. Ich lief auf ihre Tür zu, deren Schlüssel sie herumgedreht hatte, *warten Sie*, rief ich noch mal, *wo ist sie?*

Clara!, hörte ich eine vertraute Stimme von drinnen, und die Frau sagte: *Wenn du unbedingt willst, ich habe dich gewarnt.*

Die Tür öffnete sich, und die Madame trat hinaus, immer noch groß und schön, aber ein wenig gebeugter, eine Strickjacke um die mageren Schultern, das Gesicht schmaler, die Arme entschuldigend angehoben.

Zwei Minuten, sagte die Nachbarin von drinnen, *aber komm rein, bevor sie dich wieder mit ihrem Unsinn verwirrt.*

Wir standen uns gegenüber, die Madame lächelte sanft. Sie schien klar zu sein, als ob der Lärm vor der Tür sie in einen früheren Zustand versetzt hatte.

Sie haben Sie nicht mitgenommen, sagte ich erleichtert.

Doch, antwortete sie, *aber auch wieder gehen lassen, ein letztes Mal. Sie passt jetzt auf mich auf*, sie deutete auf die angelehnte Tür, hinter der uns die Nachbarin sicherlich belauschte.

Ich habe Geld, sagte ich, *wir können jemanden für Sie anstellen, vielleicht sogar in eine größere Wohnung ziehen, nebeneinander. Ich muss nicht mehr arbeiten. Ich habe jetzt Zeit, wir –*

Aber ich, unterbrach sie mich. *Ich habe keine Zeit mehr für Träumereien.*

Es ist kein Traum, sagte ich, *ich war in Las Vegas! Wir haben gespielt und gewonnen!*

Natürlich, sagte sie wieder, bevor ich weiterreden konnte. *Natürlich warst du das.*

Dann öffnete sie die Tür, hinter der keine Nachbarin stand, und lauschte. Ich hatte mich geirrt. Was wir besprachen, war nicht mehr wichtig.

Mach es gut, sagte die Madame, und ihre Augen sagten mir, dass sie schon auf der anderen Seite war: *Und grüßen Sie den Oberbürgermeister von mir. Er hat mir versprochen, dass er zum Geburtstag vorbeischaut.*

Sie winkte und schloss die Tür.

Ich stand minutenlang auf dem Flur und tat nichts. Dann ging ich in meine Wohnung. Die Tür war repariert worden. Jedenfalls sah sie aus wie früher. Ich setzte mich und legte die Tabletten auf den Tisch, drückte sie aus der Verpackung. Eine, zwei, fünf, zehn. Holte ein Glas Wasser. Nahm die ersten drei kleinen weißen Teile in die Hand. Führte die Hand zum Mund. Öffnete die Lippen. Legte die Tabletten auf die Zunge. Schloss den Mund.

Die größte und gefährlichste Lüge der Menschen ist die Gleichgültigkeit. Wir überleben nur, indem wir so tun, als ginge uns nichts etwas an. Die Ungerechtigkeit, die Armut, das Leid. Sogar unser eigenes Leben. Wir verleihen es und missachten es, damit wir funktionieren in diesem System, das wir ohne Aufputschmittel morgens und ohne Betäubung abends gar nicht ertragen. Aber es zu beenden, dieser eine Akt der radikalen Ehrlichkeit, entlarvte mich. Etwas in mir schrie dagegen an, sperrte sich, bewegte sich keinen Millimeter, und so bewegte sich auch meine Hand mit den Tabletten nicht. Ich ließ die Tabletten auf den Tisch fallen, spuckte die anderen aus. Mir wurde übel, unendlich übel; ich versuchte zu atmen, aber es kroch in mir hoch, ich sprang auf, rannte ins Bad und übergab mich. Es war, als käme alles aus mir heraus: die vergangenen Tage, die Reisen, das fremde Essen, der Druck, die Geschichten! Es fühlte sich gut an, es war herrlich, und doch: Als ich fertig war, nichts mehr kam, fühlte ich mich nicht weniger falsch. Ich richtete mich auf, spülte, trank Wasser, drehte mich um, öffnete eine Schublade, nahm eines dieser Plastikstäbchen heraus, und zwei Minuten später wusste ich, dass ich schwanger war.

Wo ist das Kind jetzt?, unterbrach mich die Beraterin.

Ich bin es genauso losgeworden, wie ich es bekommen habe.

Waren Sie überhaupt jemals schwanger?

Wieso fragen Sie das?

Sagen Sie mir lieber, ob Sie zufrieden mit sich sind. Haben Sie mir genug erzählt, dass ich Sie hasse? Oder schlimmer noch, bemitleide? War das Ihr Ziel?

Sie atmete tief aus, richtete sich auf. Schien raus aus dem Spiel zu wollen, zurück zum Lehrbuch.

Sie fragte: *Wie fühlen Sie sich jetzt?*

Manchmal scheint mein Spiegelbild zu flackern, als löste ich mich auf. Aber meistens geht es mir gut.

Eine Selbstauflösung zu sehen ist eine weitverbreitete Wahnvorstellung, meistens in Verbindung mit Entzug.

Das passt. Ich bin auf Entzug hier. Ich sage nur noch die Wahrheit, seit Wochen.

Sie lehnte sich nach vorne. Stützte die Ellenbogen auf die Knie.

Entweder das stimmt. Oder nicht. Entweder Sie sind wahnsinnig, viel zu wahnsinnig, um hier behandelt werden zu können. Und dazu viel zu manipulativ, um länger auf Menschen losgelassen werden zu können. Oder an Ihrer Geschichte von den wahr werdenden Lügen ist doch etwas dran.

Das passt zu Ihrem Sternzeichen. Die Waage: immer zwei Seiten. Immer in Balance. Sie sind doch Waage?

Wollen Sie ewig so weitermachen?

Ich schwieg. Dachte an das Institut, all die Tage mit der Fessel, die Rücken der Studentinnen vor mir, Pavel, die Anruferinnen. All das hatte ich schon verloren. Ich spürte die Angst, die Angst des Kindes, dass niemand kommen würde. Als ich schwieg, fuhr sie fort. Sie würde nicht mehr lockerlassen.

Haben Sie jemals an die Horoskope geglaubt?

Ich habe gesehen, wie sie wirken.

Wollen Sie aufhören zu lügen?

Ich kann nicht.

Sie können alles. Aber Sie müssen sich entscheiden.

Ich will sie nicht verlieren.

Wen?

Die Kraft.

Sie gehört Ihnen nicht. Lassen Sie sie gehen. Wie auch immer Sie diese Dinge gemacht zu haben glauben, Sie müssen damit aufhören.

Ich versuche es.

Wollen Sie aufhören zu lügen?

Ja.

Wirklich?

Ja.

Es wird ein langer Weg. Aber Sie werden es schaffen.

Sie lehnte sich wieder zurück, schien zufrieden. Ihre Aufgabe war erledigt. Wieder ein Fall, der kompliziert erschien, am Ende aber einfach lösbar war. Beinahe hätte sie sich in mir verloren. Aber das war eben Teil der Arbeit. Solange man wieder herausfand.

Fast, sagte ich.

Wie bitte?

Ihre Arbeit ist fast getan. Ich muss Ihnen nur noch eine letzte Geschichte erzählen.

11

Es war so heiß geworden, man traute sich kaum hinaus. Die Sonne brannte, als ob sie bersten wollte, Wolken hatte man seit Wochen nicht gesehen. Die Pflanzen krümmten sich müde, bald würden sie sterben und verrotten. Ein Eiswagen kroch durch die Straßen und bimmelte leise, als könne er seinem Glück nicht trauen. Erhitzte Kinder folgten ihm, ihre Wangen leuchteten, die Münzen in ihren Händen sicher schweißnass.

In der Kirche war es umso kühler. Ich fröstelte, als ich durch ein Seitenschiff eintrat, ging unsicher ins Dunkle, bis meine Augen sich daran gewöhnt hatten. Alles war genau wie früher. Die ersten Schritte waren immer unheimlich gewesen, wie der Sprung in tiefes Wasser, ein Sinken in Unendlichkeit. Oft hatte ich mir vorgestellt, das Gotteshaus, in das mich meine Mutter und ihre Mutter mitnahmen, stünde auf einem anderen Planeten, seine Tür ein Portal in eine andere Dimension. Ein Schritt hindurch bedeutete in Wirklichkeit tausend Millionen Schritte. Ich griff die Hand meiner Vorfahrin fester, als wir eine Reise in der Zeit wagten, einen Sprung über Jahrhunderte.

Der Altar war von Kerzen beleuchtet, der Pfarrer konnte nicht weit sein. Ich trug Schuhe mit Absätzen, sodass meine Schritte mich hallend ankündigten. Früher hatte ich die Beichte geliebt. Wo sonst konnte man sich so leicht etwas ausdenken und wurde dafür noch belohnt?

Vergib mir Vater, denn ich habe gesündigt, sagte ich, als ich mich hinkniete. Es roch nach altem Holz, alten Menschen, alten Worten.

Lass uns beten.

Die Stimme klang samtig und tief, wie dunkler Honig. Ich spürte seinen Wunsch, zu helfen und zu heilen, durch das Holz zwischen uns hindurch, als streiche mir seine Hand über den Kopf.

Ich möchte nicht beten, sagte ich, *und ich möchte auch nicht beichten. Ich möchte nur eine Unterhaltung. Ich habe mich immer noch nicht daran gewöhnt, dass du ausgerechnet hier gelandet bist. Dass ich hierherkommen muss, um mit dir zu reden. Aber wenn ich mich schon überwinde, erwarte ich wenigstens ein normales Gespräch.*

Das bekommst du. Aber es gibt Regeln.

Die gelten für mich nicht mehr. Und überhaupt, du bist mein Bruder, du kannst eine Ausnahme für mich machen.

Er seufzte. Seit er Pfarrer war, seufzte er viel. Die Soutane stand ihm gut. Die Sorgen der anderen weniger.

Was hast du eigentlich gegen Regeln? Wir können sie auch Traditionen nennen, wenn dir das besser gefällt.

Tradition ist auch nur Gruppenzwang von toten Menschen.

Dann nenn es Glaube. Wir glauben an das Gebet, dass Gott zuhört. Dafür sollten wir dankbar sein.

Ich lächelte. Wieso nicht zu den erfahrensten Lügnern von allen gehen, hatte ich gedacht, die das Glauben trainiert hatten wie niemand sonst. Ich wusste, dass besonders er alles so hindrehen würde, bis es passte. Das hatte er immer getan.

Was hat Glaube mit Wahrheit zu tun?

Er seufzte nicht noch einmal, aber er war nah dran.

Die Wahrheit über das Ganze ist dem Urheber des Ganzen vorbehalten. Wir suchen hier etwas anderes.

Und zwar?

Erlösung.

Für wen?

Für alle. Auch und besonders für die Sünder.

Durch die Spalte in der Tür fielen Lichtstrahlen, in denen der Staub tanzte.

Erlösung ist ein Auslaufmodell, sagte ich, *so wie alles hier. Euch stirbt die Kundschaft weg.*

Er wusste, dass ich ihn provozierte. Aber er konnte nicht darüber hinweggehen.

Im Gegenteil: Die jungen Menschen lieben die Beichte. Sie ist unser, wie sagt man? Alleinstellungs-

merkmal. Mögen sie noch so rational sein, schon als Kinder nicht an das Christkind glauben, die Welt durchschauen und alles Wissen stets auf ihren Geräten zur Verfügung haben: Einen Sinn finden sie darin nicht. Selbst dort, wo wir nicht sind, haben wir doch gewonnen. Was sind denn Marken und Stars anderes als Symbole der Anbetung, Ewigkeitszeichen in einer vergänglichen Existenz?

Daran glaubt doch niemand wirklich.

Glaubst du an Gott?

An einen anderen als du, ganz sicher an einen anderen als Mama und Oma.

Erzähl mir von ihm.

Mein Gott ist kein allmächtiger, gütiger Vater im Himmel. Er hat keine tiefe, dröhnende Stimme und kein unerschöpfliches Arsenal an Wundern und Sentenzen, mit denen er uns auf den rechten Pfad zurückschubst. Dafür hat er von Anfang an viel zu viele Fehler gemacht. Der Gott, den ich sehe, ist schusselig und schlecht in Mathematik und Physik, vergesslich und jähzornig und ungerecht und faul. Du weißt schon, wie dieser Junge, der eine Weile neben uns wohnte und den niemand leiden konnte, weil er immer die anderen anschwärzte, wenn etwas schiefgegangen war. Aber vor allem ist er schmutzig. Kein weißbärtiger Bonbon-Opa wie aus der Werbung, sondern ein verrußter alter Arbeiter, mit Schwielen an den Händen, der kaum einen Bleistift halten kann.

Gleich sagst du, Gott sei tot.

Ganz im Gegenteil. Gott ist sehr lebendig und ver-

schwitzt, grunzt und furzt und kaut Tabak, um durch den Tag zu kommen. Sein Geschäft ist ein dreckiges, er macht sich die Finger schwarz, die Nägel hat er aufgegeben, und sein Atem stinkt von dem vielen Fleisch, das er in sich hineinstopft, um Kraft zu haben für seine tägliche Mühsal: Menschen und Tiere und Pflanzen zu erschaffen und dann umzubringen, hinzuraffen, die Leichen auf einen Haufen zu werfen, Öl darüberzukippen und anzuzünden. Das macht er jeden Abend, die Augen tränen ihm vom Rauch, den Geruch kriegt er nicht mehr aus der Lunge, nachts schläft er wie ein nasser Sack in einer Ecke seiner Lehmhütte. Vielleicht war Gott einmal von gutem Willen beseelt, aber weil ihm nichts gelang, seine Erfindungen nur Leid über die Welt brachten, er sich nicht von der fixen Idee lösen konnte, eine Spezies nach seinem Ebenbild zu schaffen, die aber alles zerstörte und verrohte, ging es mit ihm bergab. Heute besucht ihn niemand mehr, selbst die Tiere meiden ihn. Und so bemitleidet er sich und wünscht, er hätte am siebten Tag Schluss gemacht, aber jetzt ist es zu spät. Das ist der Gott, von dem niemand wissen will.

Er hatte stumm zugehört. Jetzt raschelte seine Soutane, als müsste er eine andere Position finden, um das Gespräch fortzusetzen.

Die Frage ist doch, sagte er, *wenn du in einem abstürzenden Flugzeug säßest, würdest du beten?*

Zu allen Göttern gleichzeitig.

Na also. Der Mensch ist sehr flexibel und allzeit bereit, sich in fantastischste Szenarien zu verstricken, nur damit alles, was ihm widerfährt, sinnhaft erscheint. Der Rest sind farbenfrohe Märchen. Ich mag meinem Gott nachsehen, dass er erfinderisch ist.

Wenn es Gott gibt, dann lügt er, genau wie wir? So wie du es mir beigebracht hast, damals, beim Hallenbad?

Was heißt schon Lüge oder Wahrheit für ein Wesen, das alles erschaffen hat? Ein Dreieck, wenn es sprechen könnte, würde Gott vollkommen dreieckig nennen. Und ein Vater belügt seine Kinder, belügt mitunter, um sie zu schützen. Falsche Leute halte ich nicht in meinem Hause, *heißt es in Psalm einhunderteins,* die Lügner gedeihen bei mir nicht. *Du sollst nicht lügen. Das gilt. Aber du sollst auch immer das Gute im Blick haben.*

Glaubst du an Horoskope?

Ich glaube an Gott. Das muss reichen.

Und wo finde ich ihn? Hier etwa?

Oh nein, er lachte leise. Ich hatte sein Lachen vermisst. *Aber ich sage dir, wo. Oder eher: bei wem. Das wäre der Rat, den du gesucht hast: Geh zu dir. Hoffe auf ein Wunder. Besuche ein Kloster. Warst du schon einmal an einem solchen Ort? Oder kannst ihn dir vorstellen?*

Ja. Es ist nicht direkt ein Kloster. Aber etwas Ähnliches.

Erzähl mir davon.

Ich schloss die Augen und schaute genau, was ich im Dunkeln erkennen konnte.

Es nennt sich Institut, begann ich, diesen Ort, den

ich noch nie gesehen hatte, zu beschreiben, als hätte ich ein Foto vor mir. Ich schloss die Augen und sah, wie das Institut zwischen der Welt und dem Berg lag. Es schmiegte sich, so sagten seine raren Besucher, in das Tal wie eine Katze in den Schoß ihres Menschen. Der Gipfel und seine Felsen überragten die Gebäude, die ihren Kopf und ihren Schwanz sanft an die Höhen legten. Die Hänge stiegen hier steil an, weit oben trugen sie Eis, nur eine kleine Straße führte hinab in die Welt. Auf dem kleinen Plateau hockte das große Herrenhaus mit seinem steinernen Portal. Die modernen, flachen Anbauten waren ringsherum an den Hang gewürfelt, in den Berg hineingebaut. Die Terrassen der Zimmer sauber aufgereiht, jedes mit Talblick. Ein langes, flaches Wirtschaftsgebäude duckte sich an ihren Rücken. Dahinter begann der Wald.

Mein Bruder hörte mir zu. Auch, als ich über die Menschen dort sprach. Über eine Beraterin, die ich dort treffen würde. Eine blonde Frau voller Sanftmut und Aufmerksamkeit, die jeden Tag frische Blumen auf ihren Tisch stellte. Sie kommt aus dem Tal hochgefahren, mit ihrem Cabrio, meist geschlossen, mit einem Schal um den Hals und einem Kopftuch.

Und er hörte mir zu.

Sie war aufgestanden und ans Fenster getreten, vor dem die Sonne auf den glitzernden Schnee schien.

Ich sagte: *Und nun bin ich hier. Nicht exakt zum Schweigen, zugegeben, eher zum Gegenteil. Aber wer hört schon auf einen Pfarrer?*

Unten, auf einer der verschneiten Wiesen, lief ein Tier einmal quer, ein Fuchs? Seine Spuren waren wie eine Operationsnarbe auf schneeweißer Haut. Man würde sie noch Tage sehen. Als ich weitersprechen wollte, atmete sie hörbar aus um mich zu stoppen.

Sie sagte: *Das alles hier ist also eine Ihrer Erfindungen? Ist es das, was Sie mir sagen wollen?*

Ich nahm einen Schluck Wasser. Sie drehte sich zu mir um.

Wozu sind Sie wirklich hier?

Das haben Sie schon einmal gefragt.

Und Sie haben mich angelogen. Sie haben gesagt, dass ich Ihre Geschichte ganz hören soll. Aber Ihre Geschichte ist nur ein Trick. Sie wollen etwas anderes, und das Erzählen sind nur die Tücher zu Anfang der Show. Die wahre Magie passiert woanders, während man wegschaut, nicht wahr?

Sie ging hinter ihren Schreibtisch, ließ sich in den Sessel fallen. Sie wollte noch etwas nachsetzen, aber sie wurde jäh unterbrochen von einem lauten Knall, tief aus dem Inneren des Institutes. Die Wände zitterten.

Es beginnt, sagte ich und lächelte.

Vor dem Fenster schrie jemand. Sie sprang auf und öffnete es. Ich stellte mich hinter sie. Wir schauten auf den Vorplatz, wo drei der Insassen einen der Ärzte umkreist hatten. Es war das freundliche Ehepaar und noch jemand.

Was wollen Sie?, fragte er ängstlich, die Arme zum Schutz von sich gestreckt.

Die Wahrheit, sagte die Frau.

Es knallte noch einmal, lauter dieses Mal, und erschütterte die Grundfesten des Gebäudes. Sie drehte sich zu mir. Ich hielt ihrem Blick stand. Zum ersten Mal, seit wir uns kannten, lag darin etwas anderes, Dunkleres: Sie hatte Angst vor mir.

Wir sollten gehen, sagte ich.

Wieso?

Hier wird es in einigen Minuten sehr, sehr heiß.

12

Als ich meinen Bruder zum vorletzten Mal sah, war er hoch aufgeschossen und bärtig. Es war der Tag, an dem ich mich im Zentrum bewarb, drei Jahre bevor ich ihn in der Kirche aufsuchte. Plötzlich stand er vor mir auf der Straße und sagte: *Wo gehst du hin? Hast du eine Arbeit?*

Noch nicht, antwortete ich.

Such dir etwas, wo du sein kannst, wie du bist. Alles andere wird nicht funktionieren. Du wirst immer auffallen.

Sei ruhig, sagte ich zu ihm. *Dich gibt es gar nicht.*

Er lachte. Dann verschwand er.

Sie unterbrach mich: *Warum erzählen Sie mir das jetzt noch?*

Wieder liefen wir den Pfad hinauf, um oberhalb des Institutes an die steile Wiese zu gelangen. Dieses Mal führte ich, und wir gingen doppelt so schnell. Unter uns brannte alles, was Menschen hier jemals erbaut hatten. Das Feuer fraß sich durch das Zirbenholz wie Maden durch ein totes Tier. Bald würde nichts mehr übrig sein als das Skelett des Institutes, ein bisschen Stahl und Stein.

Sie haben ihn erfunden. Ihren Bruder. Es hat ihn nie gegeben.

Sie haben ihn überprüft?

Bei ihm war ich mir sicher, dass wir gar nicht erst zu suchen brauchen. Er ist die klassische Abspaltung einer dunkleren Persönlichkeit. Lehrbuchmaterial.

Die ausgesprochene Entlarvung ließ mir einen wohligen Schauer über den Rücken laufen. Endlich redeten wir völlig offen miteinander. Keine Spiele mehr.

Haben Sie alle anderen auch gesucht?

Alle.

Wo ist die Madame jetzt?

Wollen Sie das wirklich wissen?

Die Rauchschwaden zogen gen Tal. Wir standen den Flammen so nah, dass wir ihre Hitze spüren konnten. Wäre eine von uns ausgeglitten und die Wiese hinuntergefallen, sie wäre direkt in das Feuer gestürzt, das sich immer weiter ausbreitete. Wir würden nur wenige Minuten innehalten können. Die übrigen Beschäftigten und Insassen standen weit unter uns an der Straße zum Tal, in sicherem Abstand zu den Feuerherden. Viele waren schon mit den geretteten Fahrzeugen geflohen oder einfach losgelaufen. Ich sah das Ehepaar, das mit glänzenden Gesichtern zum Feuer hinaufblickte, als sähen sie einen wunderschönen Sonnenuntergang. Niemand versuchte mehr, des Brandes Herr zu werden. Niemand beachtete uns. Ich sprach zuerst wieder.

Auf zwei Dinge kann der Mensch endlos starren: das Meer. Und das Feuer.

Und den Wald. Wollen Sie immer noch zurück?

Auch der Wald wird brennen. Er stirbt schon längst vor unseren Augen.

Was kommt danach?

Hoffentlich überhaupt etwas. Es ist eine traurige Zeit, in der wir leben, aber sie ist auch eigenartig schön. Wir verändern alles, was Millionen Jahre gut war. Wir müssen damit aufhören, sonst hört es uns auf.

Und damit beginnen Sie hier?

Wir beide beginnen hier. Ich, indem ich Ihnen die Wahrheit gezeigt habe. Sie, indem Sie diesen Ort hinter sich lassen und mit mir kommen.

Darum ging es Ihnen also? Ich soll Ihre neue Siri sein? Damit Sie nicht so einsam sind mit all Ihrem Geld?

Wir können gehen, wohin auch immer Sie wollen. Sie sind frei.

Ich nahm ihre Hand, die sie mir kraftlos überließ.

Wir sind frei. Du kennst jetzt alle meine Geheimnisse.

Und diese letzte Szene über dem Feuer schien dir passend, um mir dieses Angebot zu machen?

Sie entzog mir ihre Hand und ging weiter hinauf. Ich folgte. Für einige Meter schwiegen wir, bis wir die nächste Kehre des Weges erreichten. Nun standen wir direkt über dem Feuer. Die Luft schlug uns heiß entgegen. Von hier aus konnte man über die Baumwipfel und auf die ersten drei Windungen der Straße sehen, die ins Tal hinabführte. In der letzten Kurve, bevor sie hinter dem Wald verschwand, gab es eine Ausbuchtung, damit größere Fahrzeuge aneinander vorbeikamen. Als ich sah, was dort stand, stockte mir der Atem. Ich blieb stehen.

Ich opfere doch nicht mein bestes Stück, sagte sie.

Das Cabrio der Beraterin glänzte, weit genug entfernt von aller Vernichtung, wie ein schlankes Tier, das uns Menschen von Weitem beobachtete, um sich bald davonzustehlen.

Du wusstest, was passieren würde?

Herr Aschermann und du, ihr habt es uns doch gezeigt: Wir sehen alles. Wir wissen alles. Also wusste ich auch, was du so planst. Wie du sie aufwiegelst, kleine Zettelchen schreibst, Gerüchte säst, die Revolution vorbereitest.

Sie kicherte und legte mir eine Hand auf die Schulter.

Du hast gut gearbeitet. Alle haben sie dir geglaubt. Ich konnte durch die Kameras genau sehen, wie sie das Benzin aus den Autos abzapften und im ganzen Institut verteilten, wie sie heimlich die Rauchmelder ausschalteten, die Feuerlöscher manipulierten, die Brandschutztüren versperrten. Wie ein emsiger Bienenschwarm arbeiteten sie daran, deine Prophezeiung wahr werden zu lassen. Es muss dich unendlich viel Aufwand gekostet haben. Und dann vergisst du deine eigene Lüge von der Überwachung. Ein Jammer.

Warum hast du nichts dagegen unternommen?

Ich musste doch wissen, ob du wirklich die Kraft hast, diesen Ort zu vernichten.

In mir öffnete sich eine Kluft. Sie hatte alles gewusst. Sie war mir entglitten.

Also wusstest du, dass wir nach hier oben fliehen würden? Und hast es nicht verhindert?

Die Flammen spiegelten sich auf ihrem Gesicht.

Mir liegt nichts mehr an diesem Ort. Ich habe verstanden, dass wir hier nichts erreichen, wenn wir die Menschen erzählen lassen. Du warst der letzte Beweis: Der Mensch selbst weiß gar nicht, wer er ist. Alle Reflexion ist ein Traum, ein Hirngespinst. Den meisten von uns fliegt die Erklärung eines Verhaltens viel leichter zu als seine wahre Ursache. Wir stehen auf und nehmen uns ein Glas Wasser, und wenn uns jemand fragt, warum wir das getan haben, sagen wir: weil ich Durst hatte. Aber hatten wir das wirklich? In jedem von uns wohnt eine Vielzahl von Stimmen, die unsere Triebe, Wünsche, Sehnsüchte, Ängste artikulieren, die schreien und betteln und beten. Darüber erheben sich die Stimmen der Vernunft, der Moral, der Scham. Und dann gibt es die eine, mit der wir nach außen sprechen, und die versucht, dem allen einen Sinn zu geben. Eine innere Erzählerin. Sie lügt, denn wer am besten lügt, erzählt auch am besten. Wir sind einfache Lebewesen, aber mit einem Bewusstsein um die eigene Widersprüchlichkeit, und mit diesem Fluch müssen wir leben. Er macht uns zu einer Maschine zur Herstellung von Bedeutung. Wie soll eine Maschine den anderen von ihrer Arbeit erzählen? *Ich will nur noch weit weg von hier.*

Auch weg von mir? Du brauchst mich.

Wozu?

Sonst wirst du nie erfahren, ob alles ausgedacht war, ob du ausgedacht bist. Ob ich die Wahrheit gesagt habe.

Und wozu sollte mir das nutzen? Ich lebe. Nur du stehst mir im Weg.

Sie kam mir ganz nahe. Ich sah nur noch ihre graublauen Augen, ein ganzes Leben lag darin. Ich stellte mir vor, wie sie in ihren Wagen stieg, hinab ins Tal fuhr, immer weiter, in eine neue Zeit. Endlich war sie so weit.

Feuer lügt nicht, sagte sie. Dann packte sie mich und stieß mich in die Flammen.

Ich war frei.

Oder stieß ich sie? Oder standen wir stattdessen schweigend? Was machte das noch für einen Unterschied?

Ich blieb noch lange oberhalb der brennenden Gebäude, nachdem sie hinunter gegangen und in ihr Auto gestiegen war. Ich stand dort, bis die Nacht hereinbrach und die Glut des verglimmenden Feuers in der Dunkelheit leuchtete. Niemand beachtete mich.

Die Tiere des Waldes mussten denken, wir seien Wilde.

Diese Geschichte hat über zehn Jahre gebraucht. Mein Dank für ihre treue Hilfe in dieser langen Zeit geht an Elisabeth Ruge, Mimi Wulz, Diana Stübs, Karsten Kredel, Samira El Ouassil, Martin Martin Schlesinger, Jeannine Michaelsen, Teresa Englbrecht, Nora Blum, Gunnar Cynybulk, Anne Will und viele andere mehr.